LES PROGRÈS
DU PROGRÈS

Après avoir démontré, au cours des cinq volumes précédents de ses chroniques, que *Nous vivons une époque moderne*, l'auteur établit dans *Les Progrès du progrès* que cela risque de durer.

Philippe Meyer a largement doublé le cap de la quarantaine et n'a cependant acquis qu'une notoriété relative : en effet, aucun chevalier d'industrie ne lui a offert de séjour aux Antilles, aucun financier véreux n'a mis à sa disposition un avion privé, aucun PDG de télévision ne lui a accordé une heure d'antenne pour s'expliquer sur ses rapports avec l'administration des impôts. Aujourd'hui encore, Philippe Meyer ne vit que des revenus de son travail et écrit lui-même ses chroniques et ses livres. C'est dire que ce journaliste n'est pas dans l'époque moderne comme un poisson dans l'eau mais plutôt comme un trapéziste au Vatican ou un spécialiste de Voltaire à Qôm. Il ne possède même pas de voiture automobile. La vérité oblige à reconnaître qu'il a un récepteur de télévision. Il en souffre en silence.

DU MÊME AUTEUR

L'Enfant et la Raison d'État
Seuil, « Points Politique », n° Po88

Le communisme est-il soluble dans l'alcool ?
en collaboration avec Antoine Meyer
Seuil, 1978
et « Points Actuels », n° A28

Justice en miettes
en collaboration avec Hubert Lafont
PUF, 1979

Québec
Seuil, « Petite Planète », 1980

Le Nouvel Ordre gendarmique
en collaboration avec Hubert Lafont
Seuil, « L'histoire immédiate », 1980

Heureux Habitants de l'Aveyron
et des autres départements français
Seuil, « Points Actuels », n° A94

Nous vivons une époque moderne
Seuil, « Points Actuels », n° A109

Dans le huis clos des salles de bains
Seuil, « Points Actuels », n° A131

Chroniques matutinales
Seuil, « Points Actuels », n° A142

Pointes sèches
Seuil, 1992
et « Points Actuels », n° A151

Dans mon pays lui-même...
Flammarion, 1993
et « Le Livre de poche », 1994

Ça n'est pas pour me vanter...
Seuil, « Points », n° P27

Philippe Meyer

LES PROGRÈS
DU PROGRÈS

Éditions du Seuil

ISBN 2-02-023552-8

© Éditions du Seuil, février 1995

Le Code de la propriété intellectuelle interdit les copies ou reproductions destinées à une utilisation collective. Toute représentation ou reproduction intégrale ou partielle faite par quelque procédé que ce soit, sans le consentement de l'auteur ou de ses ayants cause, est illicite et constitue une contrefaçon sanctionnée par les articles L.335-2 et suivants du Code de la propriété intellectuelle.

Avant-propos

Heureux habitants des départements français et des contrées francophones circumvoisines ou plus éloignées, ce sixième volume de chroniques matutinales offert à un public impatient pour un prix presque symbolique sera sans doute, et comme ses cinq prédécesseurs, rangé dans les bibliothèques au rayon « humour ». Cette classification, pour être commode, souffre d'un grand flou dans sa définition. D'où une incertitude qui, sans être pour l'humoriste une cause d'angoisse intolérable, n'en constitue pas moins pour lui un motif lancinant de démangeaison cérébrale lorsque, après avoir écarté les questions « d'où viens-je ? » et « où vais-je ? », il s'essaie à affronter l'interrogation « qui suis-je ? ».

Personnellement, je m'en étais, jusqu'à une date récente, tenu à la définition d'un maître en la matière, Tristan Bernard, qui prétendait que l'humoriste est celui qui « tracasse la chèvre et abîme le chou ». Toutefois, l'âge venant et, avec lui, le souci de la respectabilité, j'aurais trouvé convénient de disposer d'une formulation plus élevée et moins rurale, d'une conceptualisation plus élaborée de l'humour. Comme tout vient à point à qui sait demander, j'en ai enfin déniché une. Elle est due à un écrivain allemand naturalisé suisse et issu d'une famille de protestants piétistes. Un homme, on le voit, mieux placé que quiconque pour analyser ce léger mouvement de l'âme et des zygomatiques dont je cherchais une définition. Hermann Hesse, puisque c'est de ce brumeux symboliste pré-surréaliste qu'il s'agit, écrit dans *Le Loup des steppes* : « Seul l'humour juxtapose et unit toutes les sphères humaines. Vivre au monde comme si ce n'était pas le monde : cette exigence courante et si souvent formulée par ceux qui recherchent un art de vivre, seul l'humour est en état de la réaliser. »

Lisant cette phrase par-dessus mon épaule tout en finissant de préparer son cartable, le jeune Jules, à qui j'en profite pour dédier cet ouvrage, a exprimé ce commentaire : « Vivre au monde comme si ce n'était pas le monde, ne serait-ce pas comme continuer à fréquenter son libraire bien que la télévision ait confié une émission littéraire à Patrick Poivre d'Arvor ou aller à un concert classique malgré les efforts que, pour nous en dégoûter, déploie Mme Ève Ruggieri ? »

Heureux habitants du Loir-et-Cher et des autres départements français, encore très peu de patience et la France mère des arts et patrie de Charles Perrault verra l'ouverture à Marne-la-Vallée du super-hyper-géant parc d'attractions placé sous le signe des créatures de Walt Disney. Mais ce n'est pas le seul établissement accessible au public qui ouvrira ses portes en avril prochain à Marne-la-Vallée.

Juste à côté d'Euro Disneyland, dans un bois, au lieudit La Fortelle, dans une ancienne maison forestière aménagée, on inaugurera ce qu'il est convenu d'appeler aujourd'hui un « nouvel équipement ». Cet équipement aura une activité que l'on peut qualifier d'hôtelière. Oh ! certes, il s'agira d'une hôtellerie discrète, comme il convient dans un bois, et de proportion modeste, puisqu'elle ne pourra pas accueillir plus de quinze pensionnaires simultanément. Le promoteur de cet équipement définit son projet sans prétention : « Nous voulons, dit-il, offrir quelque chose de différent. » Fin de citation. De différent et, disons-le, de réservé aux adultes, ou alors à des jeunes gens déjà sur le chemin qui mène à la sortie de l'adolescence. Dois-je préciser – oui, je le dois – que cet établissement capable d'héberger quinze pensionnaires ou même de les accueillir une heure ou deux, cet établissement qui se situe dans la quiétude d'un bois et à l'abri des regards malveillants ou simplement indiscrets, cet établissement dont ses promoteurs soulignent le caractère éminemment discret, cet établissement, donc, sera réservé aux personnes du sexe masculin ?

J'en aurai fini en ajoutant que le responsable de cette maison porte le nom sympathique et prometteur de convivialité de Poupard.

Un établissement situé à côté d'un parc d'attractions où des millions de gens passeront tous les ans, dont beaucoup seront du sexe masculin, un établissement discret, silencieux, convivial, en pleine forêt, un établissement comme, il faut bien le dire, on n'en construit plus guère, et où l'on peut éprouver des sensations rares... je sens que vous avez deviné de quoi il s'agit. Eh oui ! c'est cela, il va s'ouvrir à Marne-la-Vallée, à côté d'Euro Disneyland... un monastère bénédictin qui accueillera tout homme désireux de s'abandonner à la réflexion, au silence ou à la prière...

Je vous souhaite le bonjour.

Nous vivons une époque moderne.

Heureux habitants de la Marne et des autres départements français, ce n'est pas pour me vanter, mais, pas plus tard que récemment, j'ai pris le chemin de fer pour m'en retourner de la bonne ville de Metz, dans le département de la Moselle dont je salue les heureux habitants, bonne ville de Metz dans laquelle je m'étais rendu afin de soigner ma popularité auprès des auditeurs de France-Inter à l'occasion d'un Salon du livre qui était présidé par M. Paul-Loup Sulitzer, ce qui provoqua chez moi à la fois une grosse surprise et une grande inquiétude. Surprise, parce qu'il ne me serait pas plus venu à l'idée que M. Sulitzer puisse présider une réunion d'écrivains que M. Couve de Murville animer un bal de poissonniers; inquiétude, parce que, si M. Sulitzer préside un Salon d'écrivains, qui va présider le Salon du nègre? Mais revenons à nos moutons.

Le train dans lequel je pris place pour rejoindre la capitale venait d'Allemagne lorsqu'il s'arrêta dans l'impériale gare de Metz. Il venait même de très loin en Allemagne. Parti de Dresden, il s'était déjà arrêté à Leipzig, Erfurt, Bebra, Frankfurt am Main, Darmstadt, Mannheim, Kaiserslautern et Saarbrücken. Comme les chemins de fer allemands sont dirigés par des gens courtois, on peut y trouver sur chaque siège un dépliant sur lequel figurent le parcours du train, ses arrêts et les horaires des correspondances à chaque gare. Pour financer cet utile document, les chemins de fer allemands y glissent quelques encarts publicitaires : un pour une compagnie d'assurances, un pour une chaîne d'hôtels, un pour un institut de chirurgie esthétique spécialisé dans les remontées de poitrine, mais qui ne dédaigne pas, dit-il, de remodeler les nez, de recoller les oreilles, et même de prélever les masses de graisse indésirables. A côté de cette réclame pour la chirurgie esthétique, on pouvait en lire une autre : « Nous invitons les jeunes adultes, quels que soient leur sexe, leur langue, leur nationalité et leur religion, à venir prendre part à la vie de notre communauté. A vivre avec nous. A travailler avec nous. A parler avec nous. A faire la fête avec nous. A se reposer avec nous. Pendant une semaine, ou plus, vous ne serez pas seulement notre hôte, mais notre frère ou notre sœur. » Fin de citation. J'en pressens parmi nos auditeurs qui ajoutent : « voire plus si affinités ». Ceux-là se mettent le doigt dans l'œil jusqu'à l'omoplate, en latin *digitus in oculo usque ad omoplatum*. Pourquoi en latin ? Parce que cette réclame est signée par le couvent des capucins de Stühlingen, et ceci montre que si les voies du Seigneur sont impénétrables cela ne les empêche point d'emprunter celles du chemin de fer.

Je vous souhaite le bonjour.

Nous vivons une époque moderne.

Heureux habitants des Alpes-Maritimes et des autres départements français, les longs week-ends et les déplacements dont ils sont l'occasion arrachent parfois l'homme à son environnement habituel et l'exposent à des périls inédits ou à de singulières expériences. Je prends un exemple au hasard : le mien. Là où je villégiaturais dimanche, le temps était au gris. A quoi occuper sa journée lorsque la saison vous trahit ? me demandais-je tandis que j'ouvrais, sans y prendre garde, le *Figaro TV Magazine* à la page 59. Cette page 59 est tout entière consacrée au courrier des lecteurs, à l'exception d'un espace réservé aux mots fléchés et aux mots croisés qui sont, de mon point de vue, l'une des façons les plus sournoises de capituler devant le mauvais temps.

La lecture du courrier des lecteurs-téléspectateurs, elle, constitue un voyage éclair entre divers échantillons de l'humanité contemporaine. Tandis que Mmes B. et F. se plaignent de la grossièreté de M. Roger Zabel, qu'elles opposent à la délicatesse de M. Christian Morin dans l'émission *Histoire d'en rire*, M. Simon N. s'indigne que l'on invite des repris de justice sur le plateau d'une émission, même tardive, du service public. M. Serge L., quant à lui, apporte un léger rectificatif et d'enthousiastes précisions sur le nom et la personne de l'interprète d'une chanson consacrée aux relations de Jean Marais et de Jean Cocteau. Sans transition, trois demoiselles, sans doute à peine pubères, s'enflamment pour Roch Voisine et remercient TF1 de lui avoir consacré toute une émission. Cependant, deux de ces trois zélotes du brachycéphale du Nouveau Monde s'indignent que l'on se soit intéressé à sa vie privée. « Le principal, écrivent ces demoiselles, c'est que c'est un excellent chanteur qui fait preuve de respect envers son public. Tout le monde ne peut pas en dire autant. » Et toc.

Mais le plus inattendu de ce courrier des lecteurs, ce sont les deux lettres – deux sur dix-sept – qui renaudent parce que la Sept n'est plus diffusée par la 3 le samedi. Il est vrai que ces deux lettres réclament surtout, et même uniquement, le retour de l'excellente émission de Marc Ferro, *Histoire parallèle*, qui permettait, à 8 heures du soir, de voir et de comparer à cinquante ans de distance les actualités françaises, allemandes, britanniques ou japonaises de la Seconde Guerre mondiale. Il est encore plus vrai que l'une de ces deux lettres réclame ce retour dans des termes que je livre à votre méditation. Elle est signée de cinq messieurs dont l'un se présente comme ancien combattant. Je cite : « J'espère bien que l'on ne va pas nous supprimer (maintenant) *Histoire parallèle*. Ce n'est pas le moment, alors que les Chleuhs vont commencer à dérouiller en prenant la pâtée à Stalingrad, de nous priver de ce plaisir. » Fin de citation.

Voilà. A l'heure du studio, il est 7 heures 48. A l'heure de l'Europe, il est moins quelque chose.

Je vous souhaite le bonjour.

Nous vivons une époque moderne.

Heureux habitants des Deux-Sèvres et des autres départements français, le farfelu remonte à la plus haute Antiquité, mais ce n'est que depuis Gutenberg qu'il peut laisser la trace imprimée de ses chimères et, dans notre pays, ce n'est que depuis Théophraste Renaudot qu'on peut, dans les chaumières, déguster ses élucubrations. Loin de moi l'idée de déprécier notre époque dont la presse ne recule pas devant la publication des contes à dormir debout de tel distingué économiste ou les extravagances de réformateurs sociaux à peine reconvertis de leur admiration pour Mao Zedong. Toutefois, nos ancêtres n'avaient rien à nous envier sur ce point. Il m'est tombé hier sous les lunettes – car, ce n'est pas pour me vanter, mais j'en porte –, il est donc tombé hier sous mon regard corrigé d'astigmate hypermétrope un article signé le 5 juillet 1927 par un certain docteur Toulouse et paru dans le quotidien *Le Quotidien*, aujourd'hui disparu comme tant d'autres.

Le docteur Toulouse s'attaquait à la question de l'ordre public, de la police et de la lutte contre la criminalité.

Pour ce philosophe social, je cite, « la prostitution, les délits sexuels, la délinquance, le vol et le meurtre relèvent d'abord d'une prévention et d'un contrôle médicaux et, si la coercition est nécessaire, elle doit se faire au nom et par les moyens de la médecine. L'agent [de police] deviendra donc un infirmier social ». Fin de citation. Or, poursuit le docteur Toulouse, infirmier est, naturellement, essentiellement un métier de femmes. Il convient donc de remplacer progressivement les gardiens de la paix par des gardiennes, des gardiennes en très grand nombre, ce qui est possible car les femmes ont de plus bas salaires que les hommes, et de les répandre dans toutes les rues et tous les recoins des villes, afin que nul n'échappe à leur contrôle, et qu'elles assurent une constante surveillance dissuasive sur les individus animés de mauvais sentiments. Oui, mais, me direz-vous, s'il devenait nécessaire de s'assurer d'une personne qui, en dépit de la dissuasion des agentes, se serait laissée aller à commettre une infraction ? Le concours de quelques hommes forts ne serait-il pas indispensable ? Si fait, convient le bon docteur qui y avait pensé, mon projet prévoit d'utiliser à cette fin les chauffeurs de taxi. Ils deviendraient des employés de la préfecture, participeraient à la surveillance générale, et notamment des étrangers, et prêteraient main forte aux gardiennes de la paix à la moindre réquisition, laissant leur client en plan et le compteur tourner. « On peut donc prédire, concluait le disciple d'Hippocrate, que le corps de la police sera peu à peu désagrégé. » On dira ce que l'on voudra de nos ancêtres, mais il est une fois de plus établi qu'ils vivaient déjà une époque moderne.

Je vous souhaite le bonjour.

Heureux habitants de la Manche et des autres départements français, les plus jeunes de nos contemporains qui sont encore au lycée doivent déjà se préoccuper de ce qu'ils feront quand ils seront grands pour gagner leur chienne de vie et payer les retraites de leurs aînés, et singulièrement celle de Mlle Martin et la mienne, car, ce n'est pas pour nous vanter, mais nous serons quelque jour à la retraite.

Pour rassurer nos Éliacins et nos Éliacines et pour les aider dans le choix d'un métier, un organisme baptisé non sans emphase « L'Aventure des métiers » a été créé. Il propose aux lycéens en phase terminale – pardon, en classe terminale – d'aller passer une demi-journée avec un professionnel du métier qui les tente. C'est ainsi qu'une auditrice de France-Inter et l'une de ses camarades, jeunes, sans doute, mais sachant auditer, ont postulé pour une journée touristico-pédagogique, l'une auprès d'un chercheur scientifique, l'autre auprès d'un journaliste. Las ! ces professions, bien qu'elles ne soient pas toutes deux également honorables, sont l'objet de beaucoup de demandes et les élus sont moins nombreux que les suffrageants. C'est pourquoi nos deux jeunes filles ont d'abord reçu une fin de non-recevoir qui les a fort désappointées. Toutefois, quelques semaines plus tard, elles trouvèrent dans leur courrier une nouvelle offre de partager une journée de travail avec un professionnel, mais cette fois-ci, on leur proposait un choix plus restreint. Et quels métiers étaient suggérés à celle qui rêvait de la recherche et à celle qui caressait l'idée du journalisme ? Nettoyeur, machiniste, responsable de site, garçon de voyage, conducteur routier, conducteur-livreur, déménageur, facteur, pépiniériste ou jardinier de culture légumière... Bien entendu, il n'y a pas, on ne le répétera jamais assez, de sots métiers. Cependant, à bien considérer le rapport entre les souhaits de ces jeunes filles et les propositions qui leur ont été faites, il me paraît tout aussi avéré qu'on n'est pas près de manquer de sottes gens.

Je vous souhaite le bonjour.
Nous vivons une époque moderne.

Heureux habitants du Calvados et des autres départements français, la dépravation des mœurs est trop générale, trop déplorable et trop triomphante pour que je ne me fasse pas dans cette causerie matutinale et vaticinante l'écho des courageuses tentatives de certaines âmes trempées pour faire reculer l'hydre de la pornographie et le moloch de l'impudicité.

C'est au nombre de ces courageux réformateurs qu'il convient de compter les édiles municipaux de St. Augustine, dans l'État américain de la Floride. Lesdits édiles sont légitimement outrés de constater que de plus en plus de femmes et même d'hommes qui pratiquent les magnifiques plages de cette station balnéaire n'y portent pour tout vêtement qu'une ficelle autour des reins et un morceau de tissu tout juste propre à couvrir la plus intime intimité de la femme et, chez l'homme, la partie de son anatomie sur laquelle Pierre Dac prétendait à Francis Blanche que l'on pouvait tatouer la prise de la smala d'Abd el-Kader par les troupes du duc d'Aumale en 1843. Et en couleurs.

Donc, la municipalité de St. Augustine a décidé d'interdire le port de ce costume trop proche de celui d'Ève et d'Adam et de disposer, par un arrêté chargé de pudiques intentions, que les baigneurs et gneuses devront porter au minimum une pièce de vêtement qui leur couvrira les fesses. Les fesses et toutes les fesses, car on ne la fait pas à la municipalité de St. Augustine : inutile de feindre d'avoir le postérieur couvert alors qu'on l'a partiellement voilé de deux minuscules bouts d'étoffe qui, après deux minutes de marche, disparaissent entre les deux hémisphères dont tout le charme tentateur tient à la proportion de muscle et de graisse qui les compose. Trop de graisse et la fesse devient tombante, trop de muscle et elle décourage la main qui voudrait la flatter – mais je m'emporte, et revenons à St. Augustine.

Donc, la municipalité exige que toute fesse soit recouverte et, pour qu'on n'ergote pas, elle a défini très précisément quelle portion du corps on entend par « fesse » à St. Augustine. Je cite : « Les fesses sont la partie de l'arrière du corps humain qui se situe entre deux lignes imaginaires parallèles au sol lorsqu'une personne est debout. La première de ces lignes – ou ligne supérieure – se situe au sommet de la séparation des masses charnues (c'est-à-dire des renflements formés par les muscles de l'arrière de la hanche à l'arrière de la jambe) et la seconde – ou ligne inférieure – est située au plus bas du point visible le plus bas de cette séparation ou du point le plus bas de la courbe de la protubérance charnue et, entre ces lignes imaginaires situées de chaque côté du corps, lignes perpendiculaires au sol et aux lignes horizontales décrites ci-dessus, lesquelles lignes perpendiculaires sont tirées par le point auquel chaque masse charnue rejoint la partie extérieure de la jambe. » Fin de citation.

Étant donné la complexité de cette définition de la fesse, je ne serais pas étonné que certains coups de pied s'y perdissent.

Je vous souhaite le bonjour.

Nous vivons une époque moderne.

Heureux habitants du Cantal et des autres départements français, ce n'est pas pour me vanter, mais je me parfume de l'espérance que vous vous souvenez un peu du mouvement Politically Correct qui sévit aux États-Unis et qui pourchasse toutes les expressions du langage courant qui pourraient souligner les différences entre les êtres humains. Car, pour le mouvement Politically Correct, à partir du moment où il y a différence, il y a discrimination. Nous connaissons ici quelques tentatives semblables qui ont pour but d'imposer l'usage de « non-voyant » plutôt que d'« aveugle » – et sans doute de « non-binoculé » pour les borgnes, d'où l'expression : « Au royaume des non-voyants, les non-binoculés sont rois. » On se propose également de nous imposer « mal-entendant » pour « sourd », sans qu'il y ait encore d'équivalent connu pour ceux qui, ne percevant absolument aucun son, se retrouvent mal-entendants comme des pots. Pierre Desproges avait suggéré que, dans cette lignée, on adopte « non-comprenant » pour désigner les imbéciles, et plusieurs hommes politiques, parmi lesquels M. Joxe, ont fait récemment sentir leur préférence pour « non-élu » plutôt que « battu ». On pourrait donc dire : « Untel a été non élu à plate couture »…

Ma consœur du *Daily Telegraph*, Mary Kenny (car j'ai des consœurs au *Daily Telegraph*), ma consœur du *Daily Telegraph* a pensé venir en aide au mouvement Politically Correct et propose à son tour quelques modifications de nos usages langagiers. « Fille », dit-elle, est un mot dépréciatif qui souligne la jeunesse, la dépendance et l'immaturité d'une personne du sexe féminin, quand il ne jette pas le doute sur sa vertu. Pourquoi, au lieu de « fille », ne pas parler de « pré-femme » ? « Père » est un mot sexiste, chargé de l'histoire multiséculaire du chauvinisme mâle et arrogant. Pourquoi ne pas souligner l'égalité entre les deux membres d'un couple procréatif en ne parlant plus de « père » ni de « mère » mais simplement de « parents » ? « Notre parent, qui êtes aux cieux... » L'expression « nom de jeune fille » relève de la même critique que « fille » : « patronyme originel » serait plus convenable. Faut-il souligner l'indécence de l'expression « vieille fille » ? Mary Kenny propose de lui substituer « citoyenne senior célibataire par choix ».

En France, on a proposé l'expression « personne de petite taille » de préférence à « nain ». Mary Kenny trouve que cet effort est insuffisant et lance la formule « personne à croissance limitée ». Cela sonne assez bien. Dans les bonnes familles, le parent, lorsque sa pré-femme est couchée, va lui lire le conte de *Blanche-Neige et les Sept Personnes à croissance limitée*.

Une personne qui lit par-dessus mon épaule me suggère que, dans le même esprit desprogien développé par Mary Kenny, il y aurait lieu de revoir l'expression « fille ou femme enceinte ». On me propose de lui substituer « pré-femme ou femme ayant conjugué le verbe aimer à l'imparfait du préservatif ».

Je vous souhaite le bonjour.

Nous vivons une époque moderne.

Heureux habitants de l'Oise et des autres départements français, hier, tout occupé à vous donner un complément d'information sur les progrès du Politically Correct, je n'ai pu prendre le temps de répondre à la question que j'entendais pourtant monter du huis clos de vos salles de bains : chroniqueur matutinal et vaticinant, comment as-tu passé ton dimanche ?

Vous n'avez rien perdu pour attendre et je m'en vais vous conter la chose. D'abord, j'ai commencé mon dimanche par me réveiller en pestant contre l'heure d'été, car cette arrogante invention de technocrate non seulement nous a raccourci notre dimanche d'une heure, mais elle fait qu'au moment où je vous adresse cette causerie décousue il est 6 heures moins le quart à l'heure du soleil, et pour ne pas me recoucher à cette seule pensée, là, sur la moquette de ce studio, il faut une force d'âme digne de Lacédémone. Au passage, je voudrais poser une question. Dimanche, il y avait élections cantonales et la journée n'a eu que vingt-trois heures. Est-ce légal et n'y a-t-il pas là motif à annulation ?

Je laisse le Conseil constitutionnel trancher et je reviens à mon mouton, c'est-à-dire au récit de mon dimanche. Donc, après avoir pesté un bon moment contre l'heure d'été, je m'en fus au marché acheter une galette et un petit pot de beurre pour mon Chaperon Rouge préféré, avec qui j'avais formé le projet de jouer un peu plus tard à « comme vous avez de petites oreilles, comme vous avez de belles dents, comme vous avez de charmantes lèvres, c'est à vous ces beaux yeux-là ? »... Je déambulais donc devant les vitrines des marchands de petits pots de beurre et de galettes lorsque je vis apparaître et prendre possession d'un bout de trottoir une bande armée. Non ? Si. Une bande armée d'un tuba, de plusieurs clairons, trompettes, trompinettes et trombones (à coulisse), et même de diverses caisses de batterie, voire de tambourin.

Au moment où cette bande armée qui s'avéra être la fanfare des Beaux-Arts allait donner libre cours à ses pulsions de tapage diurne, deux envoyés en uniforme de M. le préfet de police vinrent les prier fermement de n'en rien faire. Vous connaissez les artistes. Non seulement on n'est pas sûr qu'ils se lavent tous les jours, mais encore ils ne sont guère enclins à lever leur casquette devant la Loi. La fanfare des Beaux-Arts protesta donc contre l'interdiction qu'on lui faisait, et cela créa un attroupement. L'attroupement réclama que la police n'empêche pas la musique mais, les musiciens n'ayant pas d'autorisation signée par la mairie et tamponnée par le commissariat, la police ne voulut rien entendre ; elle n'entendit rien, et surtout pas la fanfare des Beaux-Arts qui s'en fut vers d'autres lieux où la débauche est moins prévenue par le zèle des employés en uniforme de M. le préfet de police. M. le préfet de police dont on doit saluer la fermeté, car, s'il laissait la fanfare des Beaux-Arts fanfarer tout à son aise chaque dimanche, comment entendrions-nous les alarmes des magasins qui se déclenchent toutes seules en un facétieux et imprévisible concert strident ? Comment entendrions-nous les sirènes des voitures de police parties chercher des cigarettes au bureau de tabac de garde pour le commissaire de permanence ? Comment entendrions-nous les klaxons des voitures des particuliers qui contribuent si constamment à égayer la capitale de leurs impératifs glapissants ? C'est pourquoi nous devons féliciter M. le préfet de police et répéter avec lui : la musique, mesdemoiselles et messieurs de la fanfare des Beaux-Arts, la musique, c'est comme l'amour. Il y a des heures et des endroits pour ça.

Je vous souhaite le bonjour.

Nous vivons une époque préfectorale.

Heureux habitants de la Gironde et des autres départements français, ce n'est pas pour me vanter, mais je suis sûr que vous êtes nombreux à jouir de la compagnie d'un ou de plusieurs animaux domestiques. Jusqu'à présent, vous les avez nourris, vous leur avez parlé, vous les avez flattés de quelque caresse ou gratifiés de quelque coup de pied, selon votre humeur, sauf, bien sûr, s'il s'agit de poissons d'aquarium. Vous vous êtes assurés qu'ils répondaient régulièrement aux appels de la nature, au besoin vous les avez conduits au caniveau, et lorsqu'ils n'avaient pas la truffe à la bonne température vous les avez conduits chez le vétérinaire, sauf, bien sûr, s'il s'agit de poissons d'aquarium. Ayant accompli tous ces devoirs, vous vous considérez comme de bons maîtres et vos âmes sont en paix. Plus pour longtemps, faites-moi confiance !

Sachez en effet qu'une chaîne américaine de boutiques spécialisées dans l'élevage de l'animal domestique a désormais pignon sur rue à Paris. On n'y vend pas des bêtes : on vous les concède pour de l'argent. Et il ne s'agit pas de s'y présenter le nez au vent, sans avoir révisé quelque traité savant sur la condition animale. D'abord, vous devrez passer un entretien avec un psychologue à qui ce qui est humain est aussi familier que ce qui ressortit à la bête. Il disséquera vos motivations et déterminera quel animal correspond le mieux à votre être profond. Ainsi, tel étourdi prêt à adopter un chat de gouttière s'apercevra qu'il a en réalité besoin d'un blaireau du Labrador, d'un singe nycticèbe ou d'une fauvette couturière.

Cet examen passé, on vous conduira dans une pièce – pardon, dans un espace – baptisée *love-room*. Ne croyez pas que vous y serez incité à des pratiques que la nature se laisse parfois aller à tolérer et qui sont, dit-on, l'essentiel de la vie amoureuse des légionnaires et de certains bergers. On vous présentera l'animal que les tests auront déterminé comme votre meilleur compagnon possible et on vous présentera à lui. Sous l'œil du psychozoologue, vous ferez connaissance. Vos gestes seront étudiés, analysés, appréciés. Si vous vous comportez bien, si l'animal est content de vous et que le zoopsychologue vous donne une nouvelle fois la moyenne, vous pourrez partir avec lui. Pas avec le zoomachin, avec la bête. Auparavant, vous serez passé à la caisse. Discrètement : il ne s'agit pas de faire d'une histoire d'amour une histoire d'argent. Cependant, on vous délestera d'un gros paquet. Mais si les animaux de cette chaîne de boutiques sont vendus très cher, ce n'est pas pour des raisons sordides. C'est pour des motifs – on s'en serait douté – psychologiques : un prix élevé, expliquent les tenanciers de ces magasins, dissuade en effet l'acheteur d'abandonner plus tard son animal sur le bas-côté d'une autoroute. C'est possible. C'est même probable. J'espère que le zoopsychologomachin est, lui aussi, évalué un bon prix. Au cas où quelqu'un serait tenté de l'abandonner sur le bas-côté d'une autoroute.

Je vous souhaite le bonjour.

Nous vivons une époque moderne.

Heureux habitants de la Réunion et des autres départements français, ce n'est pas pour me vanter, mais vous ne pouvez pas dire que je n'ai pas contribué à vous convaincre que la grande affaire de la fin du siècle, c'est la co-mmu-ni-ca-tion. Sans doute quelques-uns des grands communicateurs de l'Hexagone ont-ils récemment connu de sérieuses difficultés financières, mais cela ne porte pas atteinte au credo de leur profession, que l'on peut résumer ainsi : il faut faire savoir que l'on sait faire savoir et il sera toujours temps de voir si l'on sait faire.

Par ailleurs, vous n'êtes pas sans savoir que la station balnéaire du Touquet, dans le département du Pas-de-Calais, connut au début du siècle une notoriété dont il faut dire qu'elle s'est aujourd'hui quelque peu affadie. Préoccupé par cet affadissement sans doute injuste de sa réputation, l'office de tourisme du Touquet s'est d'abord rebaptisé « département des Affaires touristiques ». L'heureuse dirigeante de ce département a conçu le projet de mettre sur pied un Salon du livre afin de requinquer le nom de sa station. Certes, il existe déjà quelques dizaines de Salons du livre dans notre pays (où, par ailleurs, on lit de moins en moins), mais celui du Touquet a choisi un thème original : « Mozart ».

A propos de Mozart, sans doute n'êtes-vous pas sans savoir ou peut-être n'êtes-vous pas sans ignorer que le regretté Stendhal a publié en 1814 un court volume précisément intitulé *Vie de Mozart*. Ce court volume a été réédité l'an dernier par l'excellente maison d'édition Climats, qui a son siège à Castelnau-le-Lez, dans le département de l'Hérault.

Et cela explique que l'excellente maison d'édition Climats ait reçu du département des Affaires touristiques du Touquet une lettre adressée à « Monsieur Stendhal, Éditions Climats, Castelnau-le-Lez ».

Cette lettre, que j'ai sous les yeux, invite M. Stendhal à participer au Salon du livre du Touquet et souligne, je cite, que « la participation des auteurs renforce l'attrait du Salon et, outre la dédicace, favorise le dialogue avec les lecteurs », fin de citation.

Le département des Affaires touristiques informe M. Stendhal qu'il sera, je cite, « l'invité d'honneur de la station » et que son « séjour à l'hôtel ainsi que [ses] repas seront bien entendu pris en charge par la ville du Touquet ».

« Afin de nous permettre d'organiser votre accueil dans les meilleures conditions, poursuit le département des Affaires touristiques, nous vous remercions de bien vouloir nous préciser, à l'aide du coupon ci-joint, quel est le jour auquel vous envisagez votre déplacement. »

Si je suis bien informé, M. Stendhal a répondu qu'il ne pourrait, à son grand regret, répondre favorablement à l'aimable invitation du Touquet, étant à la même période déjà engagé comme invité d'honneur d'un festival de spiritisme.

L'an prochain peut-être ?

Je vous souhaite le bonjour.

Nous vivons une époque moderne.

Heureux habitants de la Vienne et des autres départements français, si je vous entretenais il y a peu dans ma causerie matutinale d'une chaîne de magasins qui entend transformer la relation entre l'homme et l'animal, je m'en vais vous apporter la preuve aujourd'hui que celui qui aime les bêtes aime aussi les hommes.

Et Dieu sait s'ils en ont besoin, les hommes et les femmes pareillement. En effet, au vu des plus récentes statistiques, il semblerait qu'il n'y ait plus grand monde pour les aimer, même pas eux-mêmes. D'où une considérable progression de la solitude. D'après l'INSEE, la France compte 7 millions de célibataires, au sens strict et démographique du terme, c'est-à-dire 7 millions de personnes de plus de 19 ans qui n'ont jamais été mariées. Ajoutez-y 16 millions d'hommes et de femmes qui vivent seuls et vous obtenez 23 millions d'individus livrés à eux-mêmes ou à l'aléatoire d'une relation provisoire. En face – si l'on peut dire –, 12 millions de couples, c'est-à-dire, si je ne me trompe pas, 24 millions d'individus et d'individuses. Autant dire que 1 Français de plus de 19 ans sur 2 est à lui-même sa plus fréquente compagnie.

Encore faut-il ajouter que ceux qui trouvent l'âme sœur ne la gardent pas toujours, il s'en faut. On célèbre en France 1 mariage toutes les 2 minutes. On y prononce 1 divorce toutes les 5 minutes. (J'adore ce genre de statistiques. On dirait un film de Charlot dans lequel on verrait des gens rentrer à la mairie toutes les 2 minutes pour courir au tribunal 3 minutes plus tard... Mais revenons à nos moutons.)

« Qu'est-ce qui empêche l'homme de s'unir ? » a demandé à des sociologues une grande agence matrimoniale. C'est le progrès, ont répondu les sociologues – sans doute célibataires car le sociologue est aussi souvent asocial que le psychiatre a un grain. Donc, c'est le progrès. Plus on se téléphone, plus on se faxe, plus on se télexe, plus on se minitèle, plus on se bipe, moins on se rencontre. Or, naguère, c'est à l'occasion d'une rencontre de hasard qu'on se plaisait et tout ce qui s'ensuit. Aujourd'hui, non seulement plus on communique et moins on se rencontre, mais les Français ont peur de faire la connaissance de gens qu'ils ne connaissent pas déjà : 66 % d'entre nous déclarent redouter les rencontres de hasard, ce qui condamne les solitaires à se mordre la..., ce qui enferme les solitaires dans un cercle vicieux.

En outre, le rétablissement des privilèges et des grandeurs d'établissement depuis une dizaine d'années a eu un grand effet sur les mentalités : 34 % des Français des deux sexes craignent une mésalliance. Que font-ils donc dans l'espoir de trouver une âme sœur mais non morganatique ? Ils s'inscrivent dans des clubs chers prétendument pour jouer au golf, ou au tennis, mais en fait pour, si j'ose dire, y pêcher l'oiseau rare. Ça marche ? D'après les sociologues, pas du tout. Une fois dans le club, le ou la célibataire y rencontre des gens qui lui ressemblent tellement que ça l'inhibe. Il vérifie ainsi la justesse de l'aphorisme de Groucho Marx qui déclarait refuser être membre d'un club qui serait assez minable pour accepter quelqu'un comme lui. Finalement, Georges Marchais n'avait peut-être pas tort, l'autre jour à la télévision : il y a un marxisme qui est loin d'être mort...

Je vous souhaite le bonjour.

Nous vivons une époque moderne.

Heureux habitants des Haut- et Bas-Rhin et des autres départements français, d'une part c'était hier la Journée des femmes, mais on ne s'en est guère aperçu, et d'autre part le pays est agité par la grave question de savoir s'il convient de changer les paroles de *La Marseillaise*. Et quel est le rapport entre ces deux énoncés, ô chroniqueur matutinal et vaticinant ?

Le rapport existe, ô auditeurs chipotants, je m'en vais le montrer tout à l'heure. Considérez, d'une part, qu'en plus de celle de Rouget de Lisle il a existé maintes versions de notre hymne national.

En 1792, on chantait une *Marseillaise* bacchique :

> Allons enfants de la courtille
> Le jour de boire est arrivé
> C'est pour nous que le boudin grille
> C'est pour nous qu'on l'a conservé *(bis)*
> Ne vois-tu pas, dans la cuisine
> Rôtir les Dindons, les Gigots
> Ma foi, nous serions bien nigauds
> Si nous leur faisions triste mine…

En 1797, on chantait une *Marseillaise* de l'Agriculture :

> Aux armes, laboureurs
> Prenez vos aiguillons
> Marchez, marchez

> Qu'un bœuf docile
> Ouvre un long sillon.

En 1881, on composa une *Marseillaise* anticléricale

> Que la haine de l'imposture
> Inspire nos votes vengeurs
> Expulsons l'horrible tonsure
> Hors de France, les malfaiteurs *(bis)*
> Formons l'union radicale
> Allons au scrutin le front haut
> Pour sauver le pays, il faut
> Une chambre anticléricale.

Depuis, on a composé une *Marseillaise* écologique

> Nous planterons des pommes de terre
> Quand les engrais n'y seront plus...

Et que conclus-tu de tout cela, ô chroniqueur vaticinant, matutinal et barytonant pas très juste ? J'en conclus que nous avons le choix entre modifier totalement les paroles de *La Marseillaise* et chanter désormais quelque chose de très pacifique, du genre :

> J'aime Paimpol et sa falaise
> Son clocher et son grand pardon
> Mais j'aime mieux ma Paimpolaise
> Qui m'attend au pays breton *(bis)*.

Cette solution est radicale. J'en propose une radicale-socialiste. D'une part nous gardons le chant des soldats de l'armée du Rhin pour les grandes circonstances nationales comme les matchs de football, les intronisations de président de la République et les guerres. D'autre part, pour chaque circonstance de moindre importance où l'on honore une catégorie sociale particulière, on garde l'air de Rouget de Lisle mais on adapte les paroles.

Et quel est le rapport avec la Journée inaperçue des

Les progrès du progrès 35

femmes ? Eh bien, le rapport est qu'il existe une *Marseillaise* des cotillons composée en 1848. A la demande générale je vous la chante :

>Tremblez tyrans portant culotte
>Femmes, notre jour est venu
>Point de pitié, prenez en note
>Tous les torts du sexe barbu *(bis)*
>Voilà trop longtemps que ça dure
>Notre patience est à bout
>Debout, fill's de Vénus, debout
>Et lavons notre vieille injure
>
>Liberté sur nos fronts
>Verse tes chauds rayons
>Tremblez, tremblez
>Maris jaloux
>Et gloire aux cotillons !

Je vous souhaite le bonjour.
Nous vivons une époque moderne.

Heureux habitants de la Somme et des autres départements français, on nous répète ici ou là, et même à France-Inter entre 9 heures moins le quart et 9 heures, que la presse est en crise, qu'elle bat de l'aile, qu'elle claudique, qu'elle a un pied dans la tombe et l'autre qui ne va guère...

Les voilà bien, les journalistes qui ne parlent que des accidents de chemin de fer et pas des trains qui partent à l'heure. La presse ne doit pas aller si mal puisqu'il se crée encore des journaux. J'en ai un sous les yeux. Un hebdomadaire flambant neuf. Enfin, peut-être plus neuf que flambant. Vingt-quatre pages écrites gros et juste remplies de choses que l'on ne lit nulle part ailleurs.

L'histoire du chien Cooki, jeune bâtard de 3 ans, qui regarde la télévision du matin au soir et qui est un fan de *Ciel, mon mardi* : cela prend une page. Une autre page est consacrée aux taggers : les reporters de cet hebdomadaire ont découvert que leurs graffitis étaient cabalistiques et se proposaient d'envoûter les passants.

Page 7, on apprend que Patrick Sabatier va gagner prochainement 20 millions au Loto, grâce aux astuces et à une admiratrice anonyme. Pourvu qu'il en profite pour avancer la date de son départ à la retraite ! A la page suivante, on apprend que Clo-Clo junior est protégé par le chiffre 8. Né le 8 juillet, il s'est marié un 8 juin, il habite au 8 de sa rue et sa fille est née un 26 décembre, or, 26, c'est 2 + 6, et 2 + 6 font 8. Hélas !

il vient de déménager et habite désormais au 9 d'un boulevard. Oui mais, précise-t-il, avec vue sur le 8. Je respire.

Page 10, un reportage exclusif sur Mary Beth Lacker, une secrétaire de 33 ans dont la langue mesure 23 centimètres, soit 2,5 centimètres de plus que celle de Hugh Stone qui pensait disposer de la plus longue langue du monde.

Page 14, il est question d'un chat qui a sauvé sa maîtresse agressée par des taupes ; page 15, d'un poisson rouge (nommé Sammy) qui est mort à l'âge de 9 mois, qui a été enterré dans le jardin familial par son propriétaire âgé de 19 ans et qui est ressuscité quarante minutes après ses funérailles.

Page 19, on découvre qu'un gorille blanc a été abattu au-dessus d'Adélaïde, en Australie. J'ai bien dit « au-dessus » d'Adélaïde. En effet, ce gorille blanc volait au-dessus des maisons. Son corps est actuellement examiné par les services secrets australiens.

Page 21, on vous explique que, si vous voulez perdre 22 kilos en un mois, il vous suffit d'extraire le pépin d'un citron frais, de le prendre entre le pouce et l'index et de presser fortement le lobe de votre oreille droite en comptant jusqu'à 10, puis de recommencer l'opération avec le lobe de votre oreille gauche.

Mais je ne voudrais pas garder pour moi la plus étonnante des informations que publie ce nouvel hebdomadaire : en 2012, très exactement le dimanche 17 juin, 54,7 % des Français porteront à la présidence de la République un quinquagénaire sémillant qu'ils auront préféré au septuagénaire François Léotard, son adversaire au second tour. Ce quinquagénaire sera réélu massivement cinq ans plus tard, en 2017. Il obtiendra alors 60,9 % des suffrages. On le baptisera le « Kennedy des années 10 ». Il s'appellera Patrick Bruel.

Voilà. C'était le n° 1 d'une publication pour laquelle

il a fallu abattre des arbres. Le n° 2 est aujourd'hui dans les kiosques. Il pose une question qui nous agite tous : « Elvis est-il encore vivant ? »

Je vous souhaite le bonjour.

Nous vivons une époque moderne

Heureux habitants de la Seine-Maritime, ci-devant Inférieure, et des autres départements français, ce n'est pas pour me vanter, mais, ouille, ouille, ouille ! La semaine dernière, remplissant mon sacerdoce matutinal, je consacre l'une de mes homélies à vous parler d'une agence matrimoniale spécialisée dans les unions homme-animal en tout bien tout honneur.

Et voilà qu'il me pleut sur la tête des lettres dont l'encre brille encore des mille reflets noirs de l'incrédulité. D'habitude, Oncle Philippe, on te croit sur parole, mais cette modernité-là, tu te l'es tricotée dans ton imagination. Avoue-le, on te pardonne, et restons bons camarades comme par le passé.

Je crie à l'erreur judiciaire : la boutique dont j'ai décrit le fonctionnement et célébré le travail des psychozoologues existe bel et bien, et si je ne donne ni son nom ni son adresse, c'est que la publicité et le service public, cela fait deux. Et même, pour tout vous dire, sachant que le vrai n'est pas toujours vraisemblable, je m'étais retenu de tout vous raconter. Mais cette fois-ci, vous n'y couperez pas. Non seulement il y a dans cette boutique des psychologues pour animaux, mais encore on y donne des cours de chimie des eaux pour les acheteurs de poissons rouges ou exotiques, et, en échange de 80 francs par mois, c'est-à-dire quand même près de 1 000 francs par an, vous pouvez avoir accès aux conseils d'un spécialiste du poisson qui connaît tout, depuis les raisons de l'élévation du taux d'acidité de l'eau dans un aquarium jusqu'aux moyens de guérir le complexe d'Œdipe chez le piranha, l'arapaïma, le picarucu, la gambusie, le gymnarche, l'hydrocyon, le tilapia, la perche grimpeuse, le carassin, le périophthalme, le catostome et le poisson porte-épée encore appelé xiphophore. Et vos poissons d'aquarium, vous pouvez même les assurer. A 100 % pour les premières quarante-huit heures, à 50 % au-delà.

Je vous remercie beaucoup de la haute idée que vous vous faites des sécrétions de mes glandes imaginatives, mais vous pensez bien qu'elles ne sont pas assez riches pour aller inventer des choses pareilles. Pas plus que je n'irais inventer que, à tout acheteur d'un chien, cette boutique propose contre de l'argent une sorte de service après-vente qui s'intitule *dog-trainer*! Et que je sois changé en membre du Conseil supérieur de l'audiovisuel si je mens.

Le *dog-trainer* viendra chez vous apprendre les bonnes manières à votre animal. La boutique se vante de ce que son *dog-trainer* les a déjà apprises aux chiens de plusieurs animateurs de TF1. Oui, je sais, j'ai compris ce que vous attendez que je dise. Mais non, je n'ai pas l'intention de suggérer que l'on exige des maîtres qu'ils aient d'aussi bonnes manières que leur chien. C'est déjà le cas : il y a longtemps qu'on leur a appris le caniveau.

Je vous souhaite le bonjour.

Nous vivons une époque moderne.

Heureux habitants du Doubs et des autres départements français, depuis que le monde n'est plus divisé en deux bons gros blocs plus ou moins promis à se voler un jour dans les plumes, on peut dire d'un point de vue général que la situation est plutôt meilleure. Mais, d'un point de vue particulier, cette amélioration peut poser des problèmes : qui ne compatirait, en effet, au sort des fabricants d'armes dont les marchés ne sont plus aujourd'hui que l'ombre de ce qu'ils étaient hier et qui ne peuvent guère compter, pour faire marcher leur business, que sur quelques affrontements raciaux entre nègres sous-alimentés et sur quelques guerres de religion entre fanatiques de moins en moins solvables depuis que l'URSS n'est plus là pour leur servir de banquier.

Eh bien, ce n'est pas pour me vanter, mais, à tous ceux que le sort des marchands d'armes préoccupe, je suis en mesure, ce matin, d'apporter une bonne nouvelle : il y a de la reconversion dans l'air.

Ainsi, j'ai sous les yeux une page de réclame parue dans un magazine de télévision et qui détaille les mérites d'un appareil qui n'est rien d'autre qu'un lance-flammes domestique. Il s'agit d'un tube de 122 centimètres, alimenté par un réservoir de pétrole désaromatisé et capable de produire pendant 45 minutes une flamme de 45 centimètres.

Et à quoi peut bien servir un lance-flammes domestique ? se demandent dans le huis clos de leur salle de bains ceux de mes auditeurs qui n'ont pas d'enfants. Eh bien, d'après la réclame, cet appareil permet de déneiger sans fatigue et sans peine et d'éliminer les plaques de verglas !

D'accord, mais cet usage est aléatoire sous un climat aussi tempéré que le nôtre. Aussi le fabricant de lance-flammes domestique suggère-t-il que l'on utilise son engin pour désherber son jardin. Voilà, dit-il, un procédé qui évitera la pollution de l'environnement par des produits chimiques. Cela est incontestable. Le feu purifie tout, comme on le sait depuis la plus haute Antiquité et notamment dans le Midi de la France. Mais ce n'est pas tout. D'après nos promoteurs, le lance-flammes domestique peut également servir à détruire – *vroum* – les insectes et les germes dans les chenils, les poulaillers et les greniers. On peut aussi s'en servir pour dégripper les serrures et la plupart des outils.

C'est tout ? Non, ce n'est pas tout. Le fabricant du lance-flammes domestique n'avait pas la place sur une seule page de dresser l'inventaire exhaustif des qualités de son produit. Mais, puisqu'il est en vente libre, on peut aussi considérer que ce lance-flammes domestique s'avérera être un instrument précieux pour régler les disputes dans un ménage, ainsi que les querelles pour une place de stationnement. Cela n'est d'ailleurs sans doute qu'une étape et la bombe à neutrons miniaturisée marquera, je l'espère, un prochain stade du progrès de l'humanité. A moins que quelqu'un, inspiré par le regretté Boris Vian, ne considère qu'il y a quelque chose qui cloche là-dedans... En tout cas, si j'étais capitaine des pompiers, je publierais des offres d'emploi.

Je vous souhaite le bonjour.

Nous vivons une époque moderne.

Heureux habitants du Finistère et des autres départements français, c'est avec un bonheur teinté d'enthousiasme que je guette pour vous en faire part tous les signes qui révèlent que l'humanité chemine fièrement sur la voie glorieuse du progrès. Une récente invention qui nous vient de Grande-Bretagne doit être rangée parmi ces manifestations de l'amélioration constante du genre humain.

Jusqu'à présent, il était, hélas! souvent nécessaire d'avoir recours à la menace du gendarme pour que certains hommes, qui pourraient d'ailleurs être des femmes, accomplissent leur simple devoir. Prenons l'exemple, ô combien quotidien, du règlement des dettes. Certains êtres indélicats montrent une réticence prolongée et parfois têtue à honorer leur signature. Leur créancier leur envoie une facture : c'est en vain. Un rappel : c'est sans effet. Il faut alors recourir au papier bleu, à l'huissier, au gendarme, au magistrat, au gardien de prison peut-être, voire, dans les cas extrêmes et les pays reculés, à la menace du bourreau...

La britannique invention supprime le recours à ces intermédiaires plus ou moins sympathiques. De quoi s'agit-il ? Il s'agit de l'androstérone. Et kézaco, l'androstérone, chroniqueur matutinal et vaticinant ? L'androstérone, bande d'auditeurs, l'androstérone est une hormone que l'on trouve en cherchant bien sous les aisselles des hommes du sexe masculin. On lance des chasseurs d'hormone sur les traces de l'androstérone. Ils l'isolent. Ils la capturent. Ils l'apportent aux savants. Les savants l'attrapent avec délicatesse et ils la tartinent précautionneusement sur des feuilles de papier qu'ils livrent aux créanciers. Les créanciers utilisent ces feuilles de papier tartinées d'androstérone pour taper leurs factures.

Lorsque le débiteur ouvre l'enveloppe et déplie la facture, il perçoit inconsciemment le fumet viril de l'androstérone (je prie les auditeurs en plein petit déjeuner de vouloir bien m'excuser et je ne serais pas offensé s'ils passaient incontinent dans le huis clos de leur salle de bains). Le fumet de l'androstérone est assimilé par le débiteur, qui se souvient inconsciemment de l'époque du regretté Cro-Magnon et de son arôme d'agressivité. Le débiteur s'alarme, s'effraie, s'inquiète, et il rédige son chèque en quatrième vitesse de peur de prendre un coup de massue sur la tête. L'expérience a été tentée avec deux mille factures androstéronées. Le nombre des débiteurs à les avoir réglées sans barguigner s'est trouvé de 17 % plus élevé que pour des factures non imprégnées d'hormone d'aisselles de mâles. Cela dit, cette remarquable invention est-elle limitée au support papier ? Je me le demande : lorsque je regarde les programmes de TF1, je me dis qu'ils ont peut-être eux aussi découvert une hormone qui capte le téléspectateur. Sans doute vaut-il mieux ne pas se demander où cette hormone a son siège habituel...

Je vous souhaite le bonjour.

Nous vivons une époque moderne.

Heureux habitants des Hauts-de-Seine et des autres départements français, peut-être mettez-vous volontiers à profit vos journées de repos hebdomadaire pour vous rendre au cinéma. Peut-être même irez-vous mercredi voir *Hook*, film dans lequel Robin Williams affronte le sanguinaire Capitaine Crochet. Ce faisant, vous vous rendrez complices d'un délit, du moins si l'on se range à l'avis de certaines associations étatsuniennes de handicapés et de leurs coûteux avocats. Ces associations menacent en effet de poursuivre en justice le producteur de ce film au motif que, à travers le Capitaine Crochet, il donne une image fausse et négative des personnes souffrant d'une absence de main (je n'ose pas dire des manchots, vu que je ne souhaite pas me retrouver moi-même dans le box des accusés, même si ce doit être aux côtés de Steven Spielberg).

Cette grogne judiciaire n'est pas un cas isolé. Le mouvement baptisé « Political Correctness » – que l'on pourrait traduire par « conformité de pensée » – fait actuellement aux États-Unis tout à la fois des ravages et feu de tout bois, comme j'ai l'honneur de vous le seriner. Les défenseurs des animaux ont attaqué le film *White Fang* produit par la société Disney parce que l'on y voit des loups en pleine santé attaquer des êtres humains, ce qui constituerait une grave diffamation envers les loups, dont il serait prouvé qu'ils n'ont jamais attaqué d'hommes que poussés par la maladie ou alors en cas d'extrême nécessité. Une association de défense des homosexuels et des lesbiennes a attaqué le scénariste du film *Basic Instinct* parce que deux personnages lesbiens dépeints dans ce scénario commettaient un ou plusieurs meurtres tandis qu'une romancière bisexuelle y était suspectée d'avoir assassiné quelqu'un avec un pic à glace, ce qui, selon les avocats, contribue grandement à diffuser dans le public une image négative de l'homosexualité féminine.

Du coup, afin d'être en règle avec la *political correctness*, de plus en plus de producteurs embauchent des représentants d'associations de minorité ou de défense pour qu'ils lisent leur scénario et leur donnent leur *imprimatur*, leur *nihil obstat* et leur *imprimi potest*. Je n'ose pas dire : pour avoir les scénaristes à l'œil, ne souhaitant pas que les borgnes me cherchent querelle, ni parler du rétablissement de la mise à l'index : il doit bien se trouver dans cette vallée de larmes un être humain qu'un accident a privé de l'usage de tous ses doigts sauf celui-là et qui, dès qu'il aura trouvé un avocat, prétendra que je diffuse une mauvaise image des personnes unidigitées.

Je vous souhaite le bonjour.

Nous vivons une époque moderne.

Heureux habitants de la Haute-Marne et des autres départements français, ce n'est pas pour me vanter, mais il y a une sacrée lurette que je vous mets en garde et que j'attire votre attention sur la formidable organisation du peuple nippon. Cette formidable organisation doit être considérée en elle-même, mais il convient également de la mettre en rapport avec la nôtre. La comparaison est terrible.

Nous autres Français, nous venons à peine d'envisager d'autoriser les femmes à travailler la nuit. Les Japonais, eux, en sont déjà à un stade où ils organisent et recommandent non pas le travail mais les loisirs de nuit. Rien de galant, de polisson ou de coquin dans une telle recommandation et pas la moindre équivoque. Une simple constatation de base que tout le monde connaît : les Japonais manquent d'espace. S'ils veulent s'adonner aux joies du tennis, ils construisent leurs courts sur les toits des immeubles, afin de ne pas sacrifier un seul pouce de terrain constructible. S'ils veulent goûter aux plaisirs du golf, ils s'enferment, armés d'un club et d'une balle, dans une pièce de la dimension d'une salle de bains et, dans ce huis clos, ils allument un écran cathodique sur lequel ils peuvent voir quel effet a eu leur swing. Cela s'appelle le « vidéogolf ». Mais même ces expédients ingénieux ne suffisent pas à satisfaire le besoin nippon d'exercice. Ainsi les propriétaires d'équipements sportifs ont-ils lancé une campagne incitant les

Japonais à utiliser leurs salles et leurs terrains la nuit. Outre l'avantage de trouver plus facilement un équipement disponible, les susdits propriétaires font valoir que, entre 23 heures et 6 heures du matin, la circulation dans les rues des grandes villes, et notamment de la capitale, peut être qualifiée de fluide.

Cette invitation à la pratique nocturne du sport connaît un tel succès que l'on a observé à Tokyo des queues se formant à 3 heures du matin devant des terrains – pardon, devant des cabines de golf. Cette disponibilité de nuit des Japonais semble même avoir donné des idées à certaines entreprises qui proposeraient à leurs employés de travailler entre le coucher et le lever du soleil afin d'avoir – mais si – une meilleure qualité de vie.

Nous avions connu l'empire du regretté Charles Quint sur lequel le soleil ne se couchait jamais; l'empire nippon passait jusqu'ici pour être celui du Soleil-Levant. On pourra désormais l'appeler l'« empire du Soleil-Levant-qui-se-couche-en-pure-perte ».

Je vous souhaite le bonjour.

Nous vivons une époque moderne.

Heureux habitants des Ardennes et des autres départements français, la science médicale, qui est une chose admirable et que nous révérons, a déterminé que la consommation de l'alcool et du tabac révèle que ceux qui s'y adonnent sont soumis à des stress d'une intensité et d'une fréquence très hautes. Mais ce qui manifeste la plus forte virulence du stress, c'est encore la crise cardiaque. Or, les pays où l'on dénombre la plus grande quantité de décès par crise cardiaque sont les anciens pays communistes. C'est d'ailleurs également dans ces anciens pays communistes que la consommation d'alcool et de tabac par habitant est la plus élevée.

En Hongrie, par exemple, 8 personnes sur 1 000 quittent cette vallée de larmes à la suite d'une crise cardiaque. Cela représente deux fois plus de morts pour cette raison qu'aux États-Unis, où pourtant les raisons de passer brutalement l'arme à gauche ne manquent pas dans les grandes agglomérations.

Cela représente également quatre fois le nombre de décès par crise cardiaque au Japon, où pourtant la Cour suprême a déclaré qu'il était légal de licencier un employé simplement parce qu'il avait refusé d'effectuer des heures supplémentaires – ou, plus exactement, des heures supplémentaires supplémentaires, car il effectuait déjà 2 200 heures de travail par an alors que la moyenne japonaise est de 2 044 heures de labeur annuelles, c'est-à-dire 400 de plus que les Allemands, qui sont les plus gros travailleurs européens.

C'est vous dire si les Hongrois sont stressés, depuis que le communisme ne les guide plus vers une société sans classes où il serait donné à chacun selon ses besoins. On pourrait en conclure que si les Hongrois grillent cigarette sur cigarette en vidant des bouteilles d'eau-de-vie jusqu'à ce qu'ils tombent raides, terrassés par une crise cardiaque, c'est qu'ils attendent fébrilement le retour du communisme. Ce n'est peut-être pas faux. Le communisme avait, en matière de santé, un avantage incontestable sur tous les autres régimes : toutes les statistiques qu'il publiait étaient fausses.

Je vous souhaite le bonjour.

Nous vivons une époque moderne.

Heureux habitants du Var et des autres départements français, ce n'est pas que je veuille avancer l'heure du *Jeu des mille francs* ni supplanter l'excellent Lucien Jeunesse (« Chers amis… bonjour ! »), mais je m'en vais vous poser une question. Savez-vous combien de nouveaux drapeaux nationaux sont apparus sur la scène internationale l'an dernier ? *Tip. Tip. Tip. Tip.* Bon, comme il est un peu tôt pour que vous rassembliez vos neurones, je vous aide : c'est un nombre compris entre 14 et 16. Vous avez gagné : 15. Quinze nouveaux drapeaux, quinze nouvelles nationalités, quinze nouveaux pays.

Cela devrait réjouir les diplomates de tous les pays. Quinze nouveaux pays, cela veut dire quinze nouveaux postes d'ambassadeur, de conseillers, d'attachés et tout le saint-frusquin. Pourtant, les diplomates n'ont l'air que partiellement réjouis. De l'augmentation des nationalités à l'essor des nationalismes, n'y aurait-il qu'un pas ? Et du nationalisme à la guerre, combien de pas y a-t-il ? Regardez, disent les diplomates, ce qu'il advient des anciens pays communistes. La moitié se tape dessus pour des bouts de terre, des affaires de religion ou des histoires vieilles comme Hérode, et l'autre moitié se dispute pour savoir qui aura le contrôle des bombes atomiques de l'ancienne Union des républiques socialistes soviétiques.

Il faut reconnaître qu'il y a lieu de s'inquiéter, et les

maréchaux ex-soviétiques nous disent à intervalles réguliers des choses qui font froid dans le dos quant à ces affaires de partage d'armes nucléaires. Il faut d'ailleurs noter que naguère les chefs de l'Armée rouge nous effrayaient par leur mutisme et, aujourd'hui, c'est leur bavardage qui nous inquiète. Mais nous disent-ils tout, lorsqu'ils nous parlent du démantèlement de l'Armée rouge ? Non. Ils ne nous disent pas tout. Ils nous cachent même l'essentiel, mais, montrant une fois de plus la supériorité du service public, je vais poser aujourd'hui la question que tout le monde évite depuis l'éclatement de l'URSS. Pourquoi ne nous dit-on pas ce qu'il adviendra, quand les anciennes divisions de Staline auront été réparties entre la Russie, l'Ukraine et la Biélorussie, de ce formidable corps expéditionnaire soviétique qui franchit encore plus de frontières que les cosaques du tsar Alexandre Ier ? Oui, je pose la question, qu'adviendra-t-il des Chœurs de l'Armée rouge ?

Je vous souhaite le bonjour.
Nous vivons une époque moderne.

Heureux habitants de la Belgique francophone et des départements français, il se publie en cette vallée de larmes tant de statistiques, d'études et de sondages sur tant de sujets qu'il me semble que nous sommes dans une situation comparable à celle du fameux âne de ce philosophe scolastique nommé Buridan – le philosophe et non l'âne – qui se trouvait si fort pris par l'embarras du choix entre le boire et le manger qu'il en mourut d'inanition – pas le philosophe scolastique, l'âne.

Pour qu'un tel sort nous soit épargné et que nous ne vivions pas dans l'ignorance faute de pouvoir décider quelle source d'information choisir pour nous abreuver, mes confrères étatsuniens du magazine *Harper's* – car ce n'est pas pour me vanter, mais, comme Mlle Martin pourra vous le confirmer, j'ai des confrères américains, et même du magazine *Harper's* –, mes confrères du magazine *Harper's*, donc, publient chaque mois une page dans laquelle ils livrent, bruts de décoffrage, des chiffres qu'ils ont glanés dans les statistiques, les sondages et les études.

L'air de rien, ces chiffres nus finissent par former des images, un peu comme lorsque l'on relie entre eux des points numérotés pour reconstituer un dessin.

– Augmentation du nombre d'Américains ayant demandé une aide alimentaire d'urgence en 1991 : 26 %.

– Pourcentage d'Américains ne voyant aucune différence entre démocrates et républicains : 43 %.

– Temps moyen mis par un voleur pour fracturer une automobile à New York : 27 secondes.
– Pourcentage d'Américains acheteurs d'acier qui jugent l'acier japonais excellent : 60 %.
– Pourcentage d'Américains acheteurs d'acier qui jugent l'acier américain excellent : 8 %.
– Pourcentage d'Américains utilisateurs de jeux électroniques dont l'âge est supérieur à 18 ans : 42 %.
– Pourcentage de membres du gouvernement de Taiwan qui sont titulaires d'un doctorat d'une université américaine : 43 %.
– Pourcentage de membres du gouvernement des États-Unis qui sont titulaires d'un doctorat d'une université américaine : 0 %.
– Évolution du chiffre de vente des Rolls-Royce en 1991 : – 48 %.
– Nombre de cacahuètes autorisées à l'importation par tête d'Étatsunien : 2.

Et enfin, sans que cela ait le moindre rapport avec tout ceci :
– Nombre de fois où l'expression « Va te faire… » est prononcée dans le film *Le Dernier Boy-Scout* : 102.

Je vous souhaite le bonjour.
Nous vivons une époque moderne.

Heureux habitants du Puy-de-Dôme et des autres départements français, ce n'est pas pour me vanter, mais, au courrier d'hier, j'ai reçu un paquet de cigarettes vide. Enfin, j'exagère : il n'y avait pas tout le paquet. Seulement la moitié. C'est déjà pas mal.

D'accord, cette moitié de paquet n'avait jamais contenu des cigarettes de luxe, du genre dont le cylindre en papier est un peu plus long et un peu plus étroit que les autres et qui se termine par un bout filtre orné d'un anneau doré. Les cigarettes de ma moitié de paquet n'étaient faites que de tabac caporal haché sans grand soin et d'un papier épais collé sans trop de manière. Bref, ma moitié de paquet était la moitié d'un paquet de Gauloises.

Fortuné es-tu, êtes-vous sans doute en train de penser dans le huis clos de vos salles de bains, fortuné es-tu, chroniqueur matutinal qui reçois en cadeau de tes auditeurs des moitiés de paquet vide de Gauloises sans filtre. Mais y avait-il quelque message mystérieux inscrit au dos de cet envoi, quelque carte indiquant l'emplacement d'un trésor, ou bien quelque numéro de téléphone assorti de promesses de voluptés clandestines ? Tintin la balayette, auditeurs emportés par votre imagination. Rien ne figurait au dos du paquet et, sur la partie imprimée, il n'y avait que la marque des cigarettes et une mention lapidaire. Une belle mention lapidaire. Je vous la lis : « Selon la Loi n° 91.32, fumer provoque le cancer. »

C'est une mention lapidaire pour faire peur. Elle m'a fait peur. Pas pour moi mais, rétrospectivement, pour une vieille dame qui depuis sa jeunesse fuma un paquet de Gauloises par jour et qui mourut à 98 ans, mais pas conformément à la loi. Pas d'un cancer. D'un truc tout bête. La vieillesse. Elle qui respectait scrupuleusement les lois, voilà qu'elle est morte délinquante. J'en ai eu de la peine pour elle. Pour elle et pour une autre vieille dame qui, elle, mourut d'un cancer résolument mortel. Seulement, elle n'avait jamais fumé. Est-ce que son cancer était légal ?

Et tous ceux qui fument et qui n'ont pas le cancer ? Je veux dire, pas encore ? Est-ce qu'il ne faudrait pas que la loi leur donne un délai pour attraper cette maladie ? Et si, malgré la loi, ils ne meurent pas d'un cancer mais de la grippe, ou d'un arrêt cardiaque ou d'un béribéri, est-ce qu'il est normal qu'on les enterre dans les mêmes cimetières que ceux qui ont respecté la Loi n° 91.32, vu que la loi, nul n'est censé l'ignorer ?

Je vous souhaite le bonjour.

Nous vivons une époque moderne.

Heureux habitants du Tarn et des autres départements français, ce n'est pas pour me vanter, mais le monde ne cesse de nous réserver les plus extravagantes surprises. Il y a quelques jours, nous apprenions par la presse italienne qu'un homme de 43 ans avait passé vingt-trois années sous une cage d'escalier sans rien faire d'autre que regarder la télévision – la télévision italienne ! – et qu'il continuait cependant à présenter l'aspect extérieur d'un être humain et non d'un légume. On pourrait déduire de cette information que l'homme est ainsi fait qu'il peut résister à tout. L'homme peut-être mais – j'ai le regret de devoir le dire en l'absence provisoire de Mlle Martin –, l'homme peut-être, mais la femme apparemment pas.

Que lit-on en effet dans un quotidien britannique ? On lit que Swami Satya Vedant, l'un des leaders de la communauté yogi Osho de Poona, en Inde, a rendu publiques les observations réalisées par sa communauté sur les femmes occidentales qui viennent s'y installer pour pratiquer le yoga. Après quelques années de pratique, a déclaré Swami Satya Vedant, ces jeunes Occidentales, je cite, « voient leur poitrine diminuer de volume, leurs traits devenir plus accusés et leur visage plus anguleux ; leur voix descend d'un octave, leur moustache pousse de manière spectaculaire et, dans certains cas, il leur vient de la barbe ».

Cela n'est pas étonnant, a poursuivi Swami Satya

Vedant devant un parterre de journalistes étonnés. « L'Occident fait joujou avec l'ésotérisme oriental comme un enfant avec des allumettes. Il faut se rappeler que le yoga a été inventé il y a plusieurs milliers d'années par des hommes épris de mysticisme en fonction de leur corps d'homme. Les centres d'énergie des femmes sont totalement différents de ceux des hommes et ce qui se trouve bénéfique pour ceux-ci peut être maléfique pour celles-là. »

Personnellement, j'ai toujours considéré avec suspicion les personnes qui, après avoir enlevé leurs chaussures, s'asseyent en tailleur sur le plancher pour manger une pomme verte avec des airs de ravissement que n'oserait pas arborer un rugbyman lorsqu'on lui apporte son cassoulet. Mais si nos filles et nos compagnes doivent revenir de leurs séances de yoga semblables aux nageuses est-allemandes de naguère, alors je demande que, comme elles le font pour le tabac et l'alcool, les autorités sanitaires de ce pays obligent les centres de yoga à afficher une inscription mettant en garde contre les dangers de sa pratique. Je propose : « Attention, le yoga peut faire de vous des hommes ! »

Je vous souhaite le bonjour.

Nous vivons une époque moderne.

Heureux habitants de la Haute-Saône et des autres départements français, 40 000 citoyens des États-Unis d'Amérique ont écrit au directeur général de la Poste de leur pays pour lui présenter une simple requête : que le visage d'un homme que ces 40 000 Étatsuniens révèrent serve d'illustration à un prochain timbre-poste. S'agit-il d'un juriste dont l'équité rappela à ses contemporains la sagesse du roi Salomon ? D'un écrivain dont la plume explora des recoins encore ombreux de l'âme humaine ? D'un inventeur dont les yeux s'usèrent à guetter de méchants virus au microscope binoculaire ? D'une énergique ouvrière luttant pour la justice sociale et le droit de vote des dames et des demoiselles ? Pas du tout.

Selon mon confrère Ralph Schoestein, du *New York Times*, l'homme à qui le directeur général de la Poste étatsunienne devrait selon les pétitionnaires consacrer un timbre est, je cite, « un être qui a vécu dans la plus excessive vulgarité, dont la vie sexuelle se limitait à circonvenir des fillettes encore au lycée, qui consomma suffisamment de drogues pour remplir tous les rayons d'un supermarché de quartier et dont certains fans ont voulu faire croire qu'il lui était arrivé d'ouvrir un livre alors que son geste le plus culturel fut de vider le chargeur d'un revolver en direction d'un poste de télévision un jour qu'il était en crise de manque ». Peut-être l'avez-vous reconnu… Le héros dont on réclame l'effigie sur un timbre-poste, c'est celui dont le balancement des hanches provoquait des évanouissements, celui qu'on appelait le King, celui qui croonait *Love me tender, love me sweet*... le seul, le vrai, l'Elvis...

Comme vous l'avez compris, la bataille autour de sa transformation en héros de la Poste a été chaude. Cependant, les fans d'Elvis ont triomphé et le directeur général de la Poste leur a donné satisfaction. Du moins l'a-t-il cru : son administration a présenté un projet de timbre où le visage d'Elvis est celui qu'il arborait à la fin de sa vie, à l'époque où il était si soufflé qu'il ressemblait au derrière de Carlos. Les elvisophiles ont clamé leur fureur. Ils veulent le King au temps de sa splendeur, mince, sensuel, suggestif. Cette exigence a eu pour effet inattendu de provoquer la colère des admirateurs d'Ernest Hemingway. Pourquoi, disent-ils, la Poste ferait-elle une fleur à Elvis alors que notre prix Nobel de littérature, quand on lui a consacré un timbre, ce fut en reproduisant ses traits alourdis par les années et non le visage bronzé à la fière moustache du temps où il fréquentait Montparnasse ? Du coup, les hemingwayphiles demandent l'égalité de traitement entre l'auteur de *Mort dans l'après-midi* et le crooner de *Love me tender, love me sweet*.

Les Américains, direz-vous peut-être, sont décidément de grands enfants. Les Américains en général, peut-être, mais le directeur général de la Poste, sûrement pas. Pour trancher le débat, il a fait imprimer 3 millions de cartes postales permettant à ses concitoyens de choisir entre deux Elvis. 3 millions de cartes postales, cela fait 3 millions de timbres. Qu'importe l'effigie si l'on remplit la caisse...

Je vous souhaite le bonjour.

Nous vivons une époque moderne.

Heureux habitants de l'Ardèche et des autres départements français, ce n'est pas pour me vanter, mais, hier, je me suis rendu à l'agence France Télécom de laquelle dépend mon bien-être téléphonique aux fins d'y présenter une modeste requête dont je m'empresse de vous dire qu'elle a été gracieusement acceptée.

Immédiatement avant moi dans l'ordre de passage au guichet, un quadragénaire d'apparence réservée arborait la mine de quelqu'un qu'un événement fâcheux affecte sérieusement. Et, en effet, lorsque vint son tour d'exposer son affaire, il expliqua à la dame compétente que deux techniciens de France Télécom s'étaient rendus chez lui le matin même pour y installer, conformément à sa demande, une deuxième ligne téléphonique. Or, et très malheureusement, le résultat de cette visite se trouvait être que non seulement la deuxième ligne prétendument installée ne fonctionnait pas mais que, après le passage des techniciens, la première ligne avait à son tour refusé tout service.

Légitimement ému de cette perte d'usage d'un appareil aussi essentiel à la société de communication dans laquelle nous baignons, l'homme demandait instamment qu'on lui rétablît au plus tôt le téléphone. Cette demande semblait raisonnable. Elle était formulée sur le ton de la plus civile urbanité. « Je vais voir, répondit l'employée, quand nous pourrons vous envoyer une nouvelle équipe. » Et elle interrogea dans ce sens l'ordinateur qui répondit :

« Dans quatre jours. » « Dans quatre jours ! dit le monsieur. Mais je ne peux rester quatre jours sans téléphone... D'autant que, travaillant à mon domicile, je suis souvent appelé par des clients. » L'ordinateur et l'employée demeurèrent inflexibles. Quatre jours était leur dernier prix.

L'homme tenta une nouvelle fois de rassembler les arguments qui militaient en faveur de sa requête. Rien n'y fit. Alors son ton devint sec et sa voix descendit un peu dans les graves. « Madame, ce matin j'avais une ligne de téléphone et j'en espérais deux. Maintenant, à cause de votre administration, je n'en ai plus du tout. Vous devez réparer votre erreur. » « Monsieur, l'ordinateur vous dit que ce ne sera pas avant quatre jours. Le reste, ce n'est pas mon problème. »

En entendant cette expression dont il faut bien dire qu'elle est l'une des plus hideuses parmi celles d'usage courant en cette fin de siècle, l'homme se fâcha : « Madame, si vous aviez un peu de fierté, dit-il, vous vous sentiriez responsable de ce que fait votre administration, quel que soit le service. Je trouve votre réponse méprisable. » Alors l'employée répondit : « Ah, monsieur, j'ai été polie avec vous, alors, je vous en prie, ne m'agressez pas. » Et l'homme, d'abord stupéfait, puis superbe : « Madame, je ne vous agresse pas, je vous engueule. »

On ne dira jamais assez à quel point il est bon d'employer le mot juste.

Je vous souhaite le bonjour.

Nous vivons une époque moderne.

Heureux habitants de la Guadeloupe et des autres départements français, vous n'êtes pas sans ignorer que William Watson, dit Bill Watson, exerça le métier de pompier jusqu'à l'âge de 30 ans dans la bonne ville de Council Blutts, dans l'État de l'Iowa, aux États-Unis d'Amérique. Vous n'êtes pas non plus sans ignorer que, si William – dit Bill – Watson quitta à 30 ans le corps des sapeurs-pompiers de sa sympathique bourgade, ce fut parce qu'il avait acheté le billet de la loterie de l'Iowa qui gagna la somme estimable de 25 millions de nos francs. Les ayant placés en investissements de père de famille, Bill Watson jouissait d'un revenu d'environ 2 millions de francs par an. Il en profita pour déménager et s'installer à Omaha, dans l'État du Nebraska, pour des raisons qui m'échappent car le Nebraska est une contrée aussi désespérément plate que l'Iowa et aussi inévitablement vouée à la culture des céréales, mais enfin, ainsi fit Bill, et cela ne nous regarde pas.

Chacun sait par ailleurs que l'argent ne fait pas le bonheur et personne donc ne sera étonné que William Watson ait fini par s'ennuyer au logis. Il s'ennuya un peu la première année qui suivit son gain à la loterie, un peu la deuxième année, davantage encore la troisième. Il s'ennuya beaucoup la quatrième année, il s'ennuya ferme la cinquième et, comme pendant la sixième il s'ennuya à mourir, il décida de se remettre à travailler.

Ne sachant qu'éteindre le feu, il présenta sa candidature à un emploi de pompier de la ville d'Omaha. Le capitaine des pompiers d'Omaha, ayant reçu maintes candidatures vu le chômage, fit savoir à Bill Watson que sa demande d'embauche ne serait pas prise en considération étant donné que ledit Watson avait largement de quoi vivre.

A peine lui avait-on opposé cet argument que Bill Watson menaça le corps des pompiers d'un procès en discrimination assaisonné d'une demande de dommages et intérêts particulièrement salée. Depuis le 18 février, Bill Watson est donc sapeur-pompier de la ville d'Omaha. D'une part, en effet, la municipalité a charitablement pensé que, si elle devait verser des dommages et intérêts à Bill Watson, elle augmenterait sa fortune et donc son ennui, et d'autre part les juges ont déclaré formellement que les riches devaient bénéficier des mêmes avantages que les femmes, les handicapés et les nègres. Enfin une bonne nouvelle !

Je vous souhaite le bonjour.

Nous vivons une époque moderne.

Heureux habitants de l'Aveyron et des autres départements français, encore un peu de patience et nous entrerons la tête haute dans le Grand Marché européen. Je ne suis pas sans savoir que quelques-uns parmi vous n'envisagent pas cette échéance sans une certaine appréhension. Je suis même en mesure d'ajouter que la crainte la plus fréquente, dès que l'on parle de l'Europe institutionnelle, c'est la crainte des fonctionnaires du Conseil des communautés européennes, autrement dit les eurocrates.

Déjà que les technocrates ne paraissent pas très au fait des préoccupations des gens lorsqu'ils sont théoriquement contrôlés par des élus de la nation, que sera-ce lorsqu'ils seront, comme les Eurocrates, livrés à eux-mêmes et à leur terrifiante pulsion de faire le bien de l'humanité sans penser à demander à ladite humanité ce qui lui ferait vraiment plaisir ?

Eh bien, je suis en mesure de vous rassurer, ô âmes craintives ! Je dispose en effet d'une directive du Conseil des communautés européennes qui porte, je cite, « sur le (ou les) meilleur(s) système(s) d'élevage permettant d'assurer le bien-être des porcs », fin de citation. Dans son esprit comme dans sa lettre, cette directive montre un très remarquable sens du concret. En effet, elle établit, afin que nul n'en ignore, que, je cite, « les porcs sont des animaux vivants », fin de citation. Elle ajoute que, je recite, « leur élevage fait partie de l'agriculture » et précise même qu'« il constitue une source de revenus pour une partie de la population agricole ». Puis elle définit pas moins de neuf sortes de porcs :

« 1) le porc : animal de l'espèce porcine de n'importe quel âge ;

2) le verrat : porc mâle pubère destiné à la reproduction ;

3) la cochette : porc femelle pubère qui n'a pas encore mis bas ;

4) la truie : porc femelle après la première mise bas ;

5) la truie allaitante : porc femelle de la période périnatale jusqu'au sevrage des porcelets ;

6) la truie sèche et grande : truie entre le moment du sevrage et la période périnatale ;

7) le porcelet : porc, de la naissance au sevrage ;

8) le porc sevré : un porcelet sevré jusqu'à l'âge de 10 semaines ;

9) le porc de production : un porc depuis l'âge de 10 semaines jusqu'au moment de l'abattage ou de la saillie. »

Non seulement on voit que la CEE s'y connaît en porcs, mais on peut constater, de surcroît, qu'elle n'est pas fière car la dixième définition donnée par la directive du Conseil est la définition... de l'autorité européenne compétente en matière de porcs. Et quelle est-elle cette autorité compétente ? C'est celle, je cite, « désignée par l'article 2.6 de la directive 90/425/CEE modifiée par la directive 91/496/CEE ». Et quel est l'animal dont on dit parfois, pour désigner une situation aussi embrouillée, qu'il n'y reconnaîtrait pas ses petits ?

Je vous souhaite le bonjour.

Nous vivons une époque moderne.

Heureux habitants des Vosges et des autres départements français, ce n'est pas pour me vanter, mais du temps de ma jeunesse folle la population de la France était en partie rehaussée, surtout dans les villages, par des jeunes filles méritantes, les « rosières », dont on célébrait la vertu à date fixe en leur offrant de quoi monter leur futur ménage. Quand le ménage était monté, elles devenaient assez vite veuves car, dans ces temps reculés, l'homme avait plus de facilités pour mourir qu'aujourd'hui. Lorsque les anciennes rosières devenaient de nouvelles veuves, elles se mettaient à fréquenter davantage l'église et, à plusieurs heures de la journée, on pouvait les surprendre en train de réciter le rosaire.

J'ignore combien il reste de rosières aujourd'hui dans ce pays – à part Mlle Martin, dont l'odeur des vertus parfume à nouveau notre studio ce matin – et je me demande combien de gens savent encore ce que « réciter le rosaire » veut dire. Le rosaire, ô auditeurs modernes et contemporains, est un chapelet composé de quinze dizaines de petits grains. Entre chaque dizaine figure un grain plus gros. On attaque le rosaire par les petits grains. A chaque petit grain, on se dit l'*Ave Maria*. A chaque gros grain, on se dit le *Pater noster*. Le murmure des veuves égrenant leur rosaire a été pendant longtemps la musique des vacances des jeunes citadins revenus à la campagne pour les trois mois d'été. *Ave Maria gratia plena, dominus tecum benedictatu…* Telle était la mélodie du chœur des veuves dans le vert paradis du Sud-Ouest de mes 10 ans.

Et voilà qu'aujourd'hui je lis dans *Le Pèlerin magazine* n° 5696 à la page 47 une publicité pour, je cite, le « chapelet rosaire du IIIe millénaire ». Adieu, grains, petits et gros, le rosaire du IIIe millénaire est un petit rectangle plat qui a, je recite, « la dimension d'une carte de crédit. Glissé dans votre portefeuille, il ne vous quittera plus ». Sur ce rosaire, deux perles. L'une, dorée, à gauche, permet de compter les *Pater noster* ; l'autre, à droite, sert à tenir le compte des *Ave Maria*. Et le fabricant de ce chapelet sans grains, après avoir insisté sur son caractère discret, assure les fidèles qui se laisseraient tenter qu'ils seront, selon la formule sacrée – pardon, selon la formule consacrée –, « satisfaits ou remboursés ».

Et voilà que se forme devant mes yeux la vision de bataillons d'âmes pieuses extirpant de leur portefeuille un chapelet-carte de crédit et se mettant à jouer au rosaire comme on joue aux jeux japonais électroniques à seule fin de savoir laquelle d'entre ces pieuses âmes est la plus rapide pour débiter ses cent cinquante *Ave* et autres *Pater noster* tandis que, au lieu des *Ave Maria gratia plena dominus tecum benedictatu in mulieribus*, on n'entend plus que les *bip-bip* de ces chapelets électroniques. Brassens, ô savoureux Georges, tu as bien fait de mourir, toi qui trouvais que sans le latin la messe nous emmerde, car avant que le siècle ne change de numéro, la messe, ils vont nous la dire en japonais.

Je vous souhaite le bonjour.

Nous vivons une époque moderne.

Heureux habitants du Maine-et-Loire et des autres départements français, si jamais, au cours de ce week-end, vous voulez vous reposer des fatigues oculaires que vous causent les Jeux olympiques et ces admirables sportifs des deux sexes qu'on ne peut départager qu'en mesurant les millièmes de seconde, peut-être aimerez-vous prendre un livre. Si vous avez lu tous les vôtres ou si, comme Patrick Poivre d'Arvor, vous avez fini de les colorier, peut-être m'autoriserez-vous à vous glisser dans l'oreille une recommandation.

Alors, puisque je vous sens dans de bonnes dispositions, je vais m'enhardir jusqu'à vous en conseiller deux : il est vrai que chacun ne compte qu'environ 150 pages. On doit ces deux ouvrages à la maison d'édition Arléa. Le premier est d'Alphonse Allais et s'intitule *Le Parapluie de l'escouade*. Ce n'est pas pour me vanter, mais ce sont des sortes de chroniques, mais des chroniques utiles où l'on apprend, par exemple, une méthode infaillible pour utiliser ses voisins d'hôtel à leur insu afin qu'ils contribuent à un réveil sans traumatisme. On y découvre de pittoresques énigmes scientifiques, notamment quels peuvent être les effets d'une balle de fusil sur la fécondation d'une riche demoiselle. J'ajoute que cet ouvrage résout plusieurs questions comme la question sociale, la question du mariage et la question de la lecture excessive des œuvres de Baudelaire.

Le second livre est du regretté Tristan Bernard ; intitulé *Sous toutes réserves*, il est d'une si grande élévation que l'on doit le mettre entre toutes les mains. Il faut d'ailleurs souligner que, si Alphonse Allais appartint à l'école des humoristes baptisée « Club des hydropathes » qui se scinda en deux écoles, l'École des hirsutes et l'École des fumistes, Tristan Bernard, lui, qui n'avait débuté dans l'existence que comme avocat à la cour d'appel de Paris, ne tarda pas à s'élever sur l'échelle sociale et devint rapidement directeur du vélodrome Buffalo, à Montrouge, ville qui n'avait pas encore été ravie brutalement au département de la Seine aujourd'hui disparu.

Le livre de feu Tristan Bernard s'ouvre sur l'une des analyses les plus perspicaces de la fable de La Fontaine *Le Lièvre et la Tortue*. Il en démonte les dessous, en révèle les à-côtés, en éclaire les coulisses mieux qu'un détective, fût-il à la fois Rouletabille et Ferdinand de Saussure. Après quarante-huit historiettes qui contiennent autant d'observations pittoresques, voire farfelues, que le crâne de M. Le Pen renferme de préjugés morbides, l'ouvrage se clôt par une chronique qui fait toute la lumière sur l'affaire du jeune garçon devenu riche parce qu'il avait ramassé une épingle devant une banque, et même plus précisément devant un banquier.

Faut-il rappeler que c'est Tristan Bernard qui, lorsque la Gestapo vint le chercher pour le conduire à Drancy sous prétexte qu'il était juif, dit à sa femme : « Tu vois, jusqu'à présent nous vivions dans l'angoisse, maintenant, ce sera dans l'espoir » ? Et à un ami qui lui demandait de quoi il allait avoir besoin, il répondit : « D'un cache-nez. »

Je vous souhaite le bonjour.

Nous vivons une époque moderne.

Heureux habitants de la Dordogne et des autres départements français, je me suis enhardi l'autre jour à célébrer l'absence de discrimination entre les sexes et j'ai lu depuis avec plaisir des chiffres qui montrent que cette idée fait partout son chemin. En Allemagne, par exemple, en quinze ans, le nombre de femmes chefs d'entreprise a été multiplié par trois, apparement avec succès puisqu'un récent sondage montre que 38 % des hommes souhaiteraient avoir un patron qui soit une patronne.

En Italie, pays pourtant lourdement handicapé par des traditions déplorablement phallocratiques, ce progrès des mœurs est également sensible. Je n'en veux pour preuve que les résultats d'une opération de police menée à Naples contre la Mafia, ou plus précisément contre la variété locale de la Mafia appelée la Camorra. Sur les 32 responsables du crime organisé démasqués par la police, on ne compte pas moins de 7 femmes, dont certaines étaient installées à des postes de haut commandement.

L'une d'entre elles, une quinquagénaire nommée Anna de Rosa, serait même à la tête de l'une des familles napolitaines, celle qui contrôle le jeu et la drogue. Selon les carabiniers, qui disposent de sept mois d'enregistrement de conversations téléphoniques, les dames de la Camorra rempliraient leurs fonctions mafieuses aussi bien que les hommes et même mieux, à certains égards.

Il apparaît notamment que sur le chapitre de la discipline, de son respect et du châtiment des manquements aux règles, les marraines sont nettement plus sourcilleuses que les parrains. Ainsi, lors d'un entretien téléphonique, une mafieuse prénommée Rita balaie les arguments d'un mafieux qui prétend que l'on peut éviter d'abattre un demi-sel et donne vingt-quatre heures à son interlocuteur pour qu'on refroidisse le bonhomme. Un autre enregistrement reproduit l'échange d'arguments entre une prénommée Elvira et son mari Enzo, auquel elle reproche de ne pas avoir confié un meurtre à un tueur expérimenté, mais plutôt à un débutant qui risque de manquer son coup.

Le professeur Amato Lamberti, sociologue napolitain spécialisé dans l'étude de la Camorra, estime que la sévérité des femmes de la Mafia est un phénomène qui se développe depuis dix ans. « Autrefois, dit-il, les femmes poussaient les hommes à éviter le meurtre ; aujourd'hui, elles les y encouragent. »

Peut-on toutefois conclure de cette manifestation du progrès de l'égalité entre les sexes que la mentalité italienne a évolué en profondeur ? Je crains que non. Savez-vous, en effet, comment la Camorra avait surnommé Anna de Rosa, la chef de famille mafieuse dont je vous parlais tantôt ? « Anita Porte-culotte. » Cela montre bien que le progrès a encore des progrès à faire.

Je vous souhaite le bonjour.

Nous vivons une époque moderne.

Heureux habitants du Val-de-Marne et des autres départements français, je me suis laissé dire qu'un certain nombre d'esprits simples considèrent la Californie comme une sorte de paradis terrestre. C'est sans doute pourquoi les docteurs Marilyn Fithian et William Hartman y ont installé leur établissement de recherches sur les mœurs d'Adam et Ève, baptisé « Centre d'études matrimoniales et sexuelles ». Les docteurs Fithian et Hartman y observent des volontaires non rétribués qui viennent se livrer devant eux à l'activité copulative ou au plaisir solitaire renouvelé de la méthode du regretté Onan. Ne pensez pas que ces volontaires soient rares : plusieurs d'entre eux parcourent à leurs frais plus de 150 kilomètres pour contribuer à la recherche scientifique, et les docteurs Fithian et Hartman ont déjà observé la réunion intime de plus de 750 couples, parmi lesquels, je n'invente rien, un missionnaire et son épouse. De leurs travaux, on peut d'ores et déjà déduire que l'humanité est riche en variations sur le même « je t'aime ». Les bons docteurs s'intéressant essentiellement aux capacités de leurs cobayes, ils ont eu la surprise de constater qu'une jeune femme avait, au cours d'une seule séance, éprouvé 134 fois le grand frisson tandis qu'un homme était parvenu à fournir 16 fois de suite les preuves de l'érectilité de quelques-uns de ses muscles. A ce niveau-là, il me semble que l'on ne peut plus parler de virilité mais plutôt de bégaiement sexuel.

Le docteur Marilyn Fithian et le docteur William

Hartman ont consacré 10 000 heures de leur existence au spectacle de la frénésie amoureuse de leurs semblables ou à l'observation de leurs différentes techniques pour se donner de la joie. Au cours de la conférence de presse qu'ils ont donnée récemment, des confrères américains – car j'ai des confrères américains, sans vouloir me vanter – leur ont demandé quels problèmes particuliers ils avaient rencontrés au cours de leurs travaux.

Les bons docteurs ont d'abord fait mention de quelques difficultés techniques, et notamment du fait que certains cobayes oubliaient d'appuyer sur le bouton *ad hoc* relié à une sonnerie au moment où leur félicité atteignait son zénith. « Ceci, ont ajouté les bons docteurs, devrait nous faire revoir les résultats que nous avons observés à la hausse. D'autant plus, ont-ils ajouté, que le spectacle répété de deux êtres humains accomplissant l'acte de chair est si ennuyeux à force d'être semblable qu'il nous est arrivé de nous endormir derrière nos miroirs sans tain et même, ce qui est plus curieux, de ne pas entendre la sonnerie déclenchée par le fameux bouton *ad hoc*. »

Des esprits mal tournés – et Dieu sait s'il n'en manque pas – concluront sans doute de cette information que, décidément, seul ou à deux, *ça* rend sourd.

Je vous souhaite le bonjour.

Nous vivons une époque moderne.

Heureux habitants de la Lozère et des autres départements français, ce n'est pas pour me vanter, mais je me flatte que cette chronique est remarquablement indemne de tout préjugé sexiste, comme il est normal sur une radio de service public et sous l'œil vigilant de Mlle Martin. Toutefois, si partisan soit-on de l'égalité entre les sexes, il ne faut point se laisser emporter par l'enthousiasme et l'on doit constater que non seulement il reste entre ces sexes des différences, mais encore que certaines ont tendance à s'inverser.

Je m'explique. L'homme court plus vite que la femme. C'est normal, c'est une question de bassin. Plus le bassin est large, moins on tricote rapidement des gambettes. Sans doute, mais il est des courses où il n'est pas nécessaire de tricoter rapidement, et où il faut surtout courir longuement. Par exemple, le marathon. Or il se trouve qu'une équipe de médecins physiologistes vient de terminer des recherches dont la question principale était : « Pourquoi les records mondiaux sur piste se sont-ils constamment améliorés ? »

Vous savez ce que c'est que la recherche : on part sur une question et on trouve en cours de route des faits qui vous en posent une autre. Ça n'a pas raté. Les physiologistes ont constaté que le taux d'amélioration des performances féminines au marathon a progressé deux fois plus vite que celui des hommes. Et si ça continue à ce train-là, si j'ose dire, dans six ans, en 1998, les femmes courront le marathon plus vite que les hommes. Et, pour les autres courses de fond ou de demi-fond, il ne faudra pas plus de soixante ans pour que les femmes dépassent les hommes au sens propre et au sens figuré.

J'attire l'attention de mes frères de sexe sur la série de traumatismes violents qui nous attendent donc à partir de 1998 et pour les soixante ans à venir. Car, si ce fut déjà un choix difficile que de laisser nos compagnes signer nos feuilles d'impôts et exercer l'autorité parentale, que sera-ce lorsqu'elles pourront nous dire devant nos enfants au cours de la promenade dominicale : « Allez, chéri, on pousse une petite pointe jusqu'à la maison et le dernier arrivé fait le dîner. »

Et c'est sans parler des conséquences sur le sport de haut niveau. On se souvient des athlètes est-allemandes qui avaient fini par prendre les apparences de forts des Halles. Eh bien, avant soixante ans, il faut que l'on sache que nous verrons monter sur les podiums des champions de course à pied qui en redescendront avec un sac à main !

Je vous souhaite le bonjour.

Nous vivons une époque moderne.

Heureux habitants de la Côte-d'Or et des autres départements français, l'homme se distingue de l'animal par plusieurs traits remarquables. Il paie des impôts, écoute du rock'n'roll, rase les poils de son visage et fait cuire une bonne partie de ses aliments. Souvent, cette bonne partie de ses aliments, l'homme la fait cuire dans de la graisse. Du coup, il prend du poids. L'homme est le seul animal que la prise de poids inquiète. Lorsque l'homme est une femme, ce qui arrive dans une proportion remarquablement régulière, elle achète des magazines qui lui font honte de ses kilos en trop et la tentent en lui présentant des vêtements dont elle sait qu'elle va déborder. N'importe quel animal, s'il achetait des vêtements, les choisirait adaptés à sa morphologie, voire à ses rondeurs. L'homme et la femme s'acharnent plus volontiers à se diminuer eux-mêmes pour rentrer dans leurs vêtements trop petits.

A 47 ans, Livia Cavicchi enseignait la géométrie et n'entrait plus dans tous ses vêtements. Notamment dans ses pantalons, qui la serraient aux cuisses. Elle se présenta donc dans une clinique spécialisée dans la réduction des femmes. Un médecin l'examina et lui déclara qu'elle avait exactement 1,3 kilo de graisse en trop, soit 650 grammes par cuisse. Livia Cavicchi accepta qu'on les lui enlève par le procédé de la liposuccion. La liposuccion peut également être rangée au nombre des activités qui distinguent l'homme de l'animal. Mais, l'heure à laquelle je m'adresse à vous étant pour beaucoup celle du petit déjeuner, il m'est difficile d'entrer dans les détails. Donc, Livia Cavicchi donna son corps à la science pour qu'il en soit soustrait 650 grammes de graisse de chaque cuisse afin qu'elle puisse rentrer dans ses pantalons commodément. L'opération n'a pas pleinement réussi. Certes, on peut dire que Livia Cavicchi n'aura plus de problèmes avec ses pantalons, mais c'est parce que, quarante-huit heures après avoir perdu 1,3 kilo de cuisses, Livia Cavicchi est passée de vie à trépas. Le syndicat des chirurgiens esthétiques italien – car l'affaire s'est passée en Italie – soupçonne que l'opération n'a pas été effectuée dans les règles.

Peut-être, mais sommes-nous, en France, à l'abri de telles mésaventures ? Non. Nous ne le sommes pas, puisque même les autorités publiques participent à la campagne contre les femmes qui ont des cuisses un peu fortes. Je n'en veux pour preuve que l'exposition Toulouse-Lautrec qui ouvre cette semaine au Grand Palais et où l'on ne voit que la célébration de femmes décharnées dont les maigres cuisses feraient honte à des crevettes même grasses. Que feraient les musées de France s'ils avaient à cœur d'éviter aux femmes d'aller mourir pour 650 grammes de trop à chaque cuisse ? Ils rangeraient ces tableaux de Lautrec dans leurs réserves et ils organiseraient des expositions à la gloire de Rubens.

Je vous souhaite le bonjour.

Nous vivons une époque moderne.

Heureux habitants de l'Hérault et des autres départements français, cela m'aurait échappé si un auditeur sachant auditer ne me l'avait rappelé du tréfonds du huis clos de sa salle de bains : un club américain dont le but est philanthropique et le nom ridicule, puisqu'il s'agit du Club des boute-en-train du Michigan, un club américain, donc, a décrété que 1992 serait l'Année internationale du rire. Pour se conformer aux souhaits de ce club, chaque habitant de cette vallée de larmes doit s'engager à choisir publiquement un jour de l'année pendant lequel il s'esclaffera au moins dix minutes d'affilée.

Les Boute-en-train du Michigan n'ont pas précisé si les Serbes et les Croates étaient dispensés d'esclaffage ou si leur tour viendrait plutôt en 93. « Nous invitons tout le monde à nous rejoindre, a déclaré le Boute-en-train du Michigan le plus ancien dans le grade le plus élevé, pour conjurer l'atmosphère funeste qui règne sur le monde. »

Une entreprise ayant pour but de conjurer une atmosphère funeste ne saurait me laisser indifférent. Aussi ai-je redoublé de zèle pour trouver dans les nouvelles du monde de quoi s'esclaffer dix minutes d'affilée ce week-end. J'avais d'abord trouvé l'histoire d'une famille turque dont la dispute à propos du mariage d'une fille a fait 11 morts et 6 blessés sérieux. Puis l'affaire de l'étudiant australien qui, parti faire du trekking au Népal comme c'est à la mode, est tombé dans un trou où il a séjourné quarante-deux jours et perdu 26 kilos. J'hésitai ensuite à vous conter l'histoire de Woody Nelson, qui avait joué au Loto le 17, le 34, le 42, le 45, le 50 et le 53, et remporté le gros lot, ce qui a provoqué chez lui une crise cardiaque qui fut à la fois sa première et son ultime. Puis j'examinai l'affaire de Denis Loopman, un Étatsunien de 31 ans qu'on a arrêté parce qu'il faisait du baby-sitting déguisé en femme afin de mieux abuser des jeunes garçons confiés à sa garde. Mais il me semblait plus adéquat de vous faire le récit des conditions de vie des Bulgares, qui sont aujourd'hui si pauvres qu'on leur coupe l'électricité une heure toutes les trois heures. Finalement, l'information qui a retenu mon choix, c'est celle selon laquelle la deuxième chaîne de télévision brésilienne bat des records d'audience avec une nouvelle émission de jeu. Et à quoi joue-t-on, dans ce jeu ? Eh bien, par exemple, l'animateur vous tient un œuf frais sur la tête et vous propose de l'y écraser en échange d'un billet de 10 000 cruzeiros, c'est-à-dire à peu près 50 francs ! Et comment s'appelle ce jeu ? Il s'appelle *N'importe quoi pour de l'argent*. Et qu'est-ce qui vous fait rire là-dedans, ô chroniqueur matutinal encalminé ? C'est l'idée que, à peine ont-ils entendu cette chronique, le président de TF1 et celui d'Antenne 2 ont téléphoné à leurs sbires pour qu'ils achètent les droits de ce jeu façon *reality show*.

Je vous souhaite le bonjour.

Nous vivons une époque moderne.

Heureux habitants de la Drôme et des autres départements français, vous n'êtes pas sans avoir remarqué que, depuis que l'on nous a informés que nous vivons en état de guerre économique, le patriotisme connaît un incontestable réveil, pour ne pas dire une grave recrudescence.

J'en ai glané deux témoignages pittoresques que je ne saurais garder pour moi, d'autant moins que je suis stipendié pour vous en faire part. Dans l'État de New York, la municipalité de Greece s'est trouvée dans l'obligation d'acheter une machine excavatrice. Parmi celles qui se trouvent sur le marché et qui conviennent aux besoins de la municipalité de Greece, l'une porte une marque américaine et l'autre, vous l'avez deviné, arbore les couleurs nippones. La première, l'américaine, offre les mêmes services que la seconde, la nippone, mais elle coûte 40 % plus cher. Cependant, animé d'un sentiment martial et patriotique, les édiles municipaux de Greece ont pris la décision d'acheter la machine américaine afin que nul n'ignore à quel point la situation de l'emploi les préoccupe. Par malheur, il se trouve que le moteur de l'excavatrice de marque américaine est fabriqué au Japon, tandis que la machine apparemment nippone est entièrement produite sous licence aux États-Unis, ce qui fait que la décision de la municipalité de Greece risque fort de contribuer à l'engraissement des Japonais et à l'augmentation du chômage des Américains tout en coûtant plus cher aux contribuables de ladite municipalité, ce qui prouve que le patriotisme est une chose plus compliquée qu'il n'y paraît.

Sauf si l'on a un cœur simple. Le mensuel *Science et Avenir* donne un exemple touchant de cette simplicité dans sa dernière livraison. Récemment, au Women's Medical College de Tokyo, on a pratiqué avec succès, pour la première fois au Japon, la greffe du foie d'un enfant de 5 ans sur une femme adulte. Le directeur de la Japan Society of Transplantation a commenté cet événement. Vous pensez qu'il s'en est félicité et qu'il en a congratulé les auteurs? J'ai le regret de vous dire que vous êtes dans l'erreur la plus épaisse. Le directeur de la société japonaise de transplantation a fait les gros yeux et a déclaré que cette greffe, je cite, « pose un problème moral ». Serait-ce que le shintoïsme est aussi opposé aux greffes d'organes que le catholicisme à l'utilisation des préservatifs? Pas du tout. C'est, tout simplement, que l'enfant dont le foie fut transplanté était belge et que, je recite le directeur, « dorénavant, les donneurs devront être trouvés au Japon ». Comme on le voit, et si j'ose dire, le patriotisme n'a pas de frontières. Il n'y a d'ailleurs pas que le patriotisme.

Je vous souhaite le bonjour.

Nous vivons une époque moderne.

Heureux habitants de Saint-Pierre-et-Miquelon et des départements français, ce n'est pas parce que je ne pratique aucun autre sport que la marche à pied entre deux restaurants que je méprise cette activité hygiénique. J'aime infiniment le sport et, comme beaucoup de Français, je l'aime à la télévision. Dans le sport à la télévision, ce que je préfère le plus, comme disait un sportif à un journaliste sportif qui lui objectait qu'on ne dit pas « je préfère le plus » mais « je préfère le mieux », ce que je préfère le mieux, donc, c'est le commentateur.

La fonction de commentateur me paraît même avoir été élevée jusqu'à la noblesse par les spécialistes du football de la chaîne culturelle TF1. C'est celui qui ne se contente pas de décrire l'action, mais en tire une leçon, voire une morale. Ainsi, par exemple, avez-vous pu l'entendre dire : « On ne peut pas être à la fois devant son but et devant le but de l'adversaire. » Une aussi incontestable observation me paraît faire du commentaire de football l'équivalent d'une véritable pratique scientifique que je propose de nommer « footballologie ».

Le footballologue n'est pas seulement versé dans la philosophie, comme on vient de le voir, il possède des lumières dans la science anatomique. Ne l'ai-je point entendu déclarer : « On a cru qu'il s'agissait d'une main, mais c'était une cuisse » ?

Non content de connaître l'anatomie, notre vulgarisateur s'est intéressé à la zoologie. Commentant la trajectoire d'un joueur fauché par un adversaire, n'a-t-il pas eu cette image définitive : « Il a été fauché comme un lapin en plein vol » ?

L'intérêt porté aux animaux conduit naturellement à se pencher sur les races inférieures. Le footballologue de la télévision n'y manque jamais. C'est ainsi qu'il s'interrogea un jour à voix haute : « On se demande pourquoi la Fédération a confié l'arbitrage de ce match à un arbitre tunisien alors qu'il existe de très bons arbitres en Europe. » Soulignons que cet intérêt pour les races différentes ne manque pas d'impartialité. Ainsi notre commentateur a-t-il remarqué, à propos de deux joueurs camerounais : « Ils ont tous deux la peau noire, mais ce sont tout de même de très beaux joueurs. » J'ai d'ailleurs recueilli au fil des matchs d'autres considérations instructives sur le caractère des peuples. « L'Autrichien est vigilant », « les Roumains sont vifs », « l'Irlandais est vaillant », « le Suédois est magnanime », « l'Anglais est solidaire », et enfin cet aphorisme dont la poésie ne manque pas de mystère : « Il y a toujours un barbu dans l'équipe d'Argentine. » Le footballologue n'ignore pas que le sport doit engendrer la vertu, c'est-à-dire la force d'âme. D'ailleurs, il a déclaré un jour : « Le football, c'est ce qui peut sauver la jeunesse. » Et, à cette jeunesse, il a délivré ce message que je lui demande de méditer, voire de donner à ruminer à son cerveau : « Les occasions perdues, on ne les retrouve pas. »

Je vous souhaite le bonjour.

Nous vivons une époque moderne.

Heureux habitants de l'Aisne et des autres départements français, ce n'est pas pour me vanter, mais je crois avoir eu raison de refuser à ma famille, lorsque je sortis de l'adolescence, de me préparer à embrasser la carrière de chef d'État. Certes, ce métier comporte certains avantages comme le logement et la nourriture gratuits, le droit d'entrer dans les musées le mardi, jour de leur fermeture, la possibilité de se faire servir des œufs en meurette au milieu de la nuit, le droit de parler mal aux journalistes, sans compter la certitude, si vous jouez à la crapette ou au poker menteur, que personne n'osera gagner contre vous.

De surcroît, si l'on aime à faire des farces, on peut faire construire l'Opéra-Bastille ou nommer Mme Cresson Premier ministre. Reconnaissons que toutes ces distractions ne sont pas à la portée du premier quidam venu et qu'elles doivent contribuer à rendre plus aimable la traversée de cette vallée de larmes.

Cependant, chef de l'État est un métier précaire, exposé, et d'abord exposé au mécontentement et à la critique. On ne voit, en général, arriver ni l'un ni l'autre, et ils s'abattent brutalement sur leur victime. On ne sait pas vraiment pourquoi, c'est comme ça, il y a des saisons. Nous sommes en plein dans l'une de ces saisons, et pas seulement en France. En Grande-Bretagne ou en Italie, il en va de même. Toutefois, il faut observer que la mauvaise humeur à l'encontre du chef de l'État s'exprime très différemment selon que l'on se trouve au nord ou au sud de l'Europe.

En Grande-Bretagne, à l'occasion du 40ᵉ anniversaire de la reine, les mécontents ont seulement réclamé que Sa Gracieuse Majesté paie ses impôts. En France, les mêmes mécontents expriment à voix de plus en plus haute qu'il conviendrait que le président passe la main. En Italie, les adversaires du président de la République, Cossiga, qui s'efforce de réformer les institutions, réclament purement et simplement qu'on l'enferme dans une maison de fous.

Au premier abord, on pourrait donc s'imaginer que, si le mécontentement à l'égard des chefs d'État existe dans ces trois pays essentiels de l'Europe, il varie d'intensité. Je crains que cela ne soit une illusion et que les différences de forme dans l'expression de la lassitude à l'égard des leaders ne soient simplement conformes aux différences du génie de la langue des différents pays. En effet, lorsque l'on parle en anglais de *double jump* – autrement dit, « double saut » – on traduit cette expression en français par « saut périlleux » et en italien par *salto mortale*.

Je vous souhaite le bonjour.

Nous vivons une époque moderne.

Heureux habitants du Var et des autres départements français, ce n'est pas pour vous vanter, mais les auditeurs de France-Inter sont d'une diversité dont la description passe de très loin les capacités picturales de l'auteur de cette chronique. Non seulement tous les âges sont représentés parmi eux, mais aussi tous les sexes. Plusieurs nationalités s'y retrouvent et nous avons reçu des témoignages qui établissent qu'à Genève comme à Berlin, dans les Cornouailles comme dans les pré-Alpes italiennes, dans les Ardennes belges et dans un petit bout du Pays basque espagnol, il est, dans le huis clos des salles de bains, des oreilles entre lesquelles France-Inter circule dès potron-minet. Ne parlons pas des métiers de nos auditeurs, leur variété donnerait presque le vertige : de RMIste à président de la République, de stripteaseuse à archevêque, de condamné de droit commun à étudiant préparant les concours, il n'est pas de métier ni d'activité ni même d'inactivité qui ne soit représenté dans notre auditorat. Et tous les rêves ont également droit de cité. Parmi nos auditeurs, certains espèrent être assujettis à l'impôt sur la grande fortune. D'autres souhaitent de tout leur cœur devenir un jour inspecteur des Impôts. Parmi ceux-ci, il en est, et d'assez nombreux, qui se sont présentés au concours *ad hoc* au début de janvier dernier. Eh bien, ils ont reçu une lettre du directeur général des Impôts les informant qu'ils allaient devoir recommencer l'ensemble des épreuves de ce concours !

« Je dois vous informer, écrit le directeur général des Impôts à ces candidats, qu'une partie des copies concernant toutes les épreuves a été dérobée au transporteur chargé de leur acheminement vers le centre de correction... »

Et alors, chroniqueur matutinal, vas-tu monter sur un grand cheval et pourfendre les responsables de cet événement traumatisant ? Je ne pense pas, auditeur matutinal, mais cet événement traumatisant survenant à peu de jours de l'échéance de nos tiers provisionnels, il me vient des pensées plus poétiques. Comme par exemple ? Comme par exemple que, puisqu'il existe des voleurs qui voient un intérêt quelconque à voler des copies de candidats au concours d'élèves inspecteurs des Impôts, il se trouve un peu plus loin dans la chaîne des dépravations des larrons kidnappeurs qui ne dédaignent pas de porter leur regard vers ceux qui naguère ont réussi à triompher des épreuves de ce concours.

Je vous souhaite le bonjour.

Nous vivons une époque moderne.

Heureux habitants de la Loire-Atlantique ci-devant Inférieure et des autres départements français, peu de choses semblent vous divertir davantage que les différents massacres que subit la langue française lorsqu'elle est confiée à certains traducteurs aussi mal rémunérés que pressés d'en finir. Je déduis votre réjouissance à la lecture de ces textes en petit-nègre amélioré sabir du nombre de ceux que vous m'envoyez afin que j'en fasse partager le suc à l'entière communauté des auditeurs matutinaux.

Quoique j'aie eu l'embarras du choix, j'ai choisi pour vous ce matin le résumé – officiellement en français – d'une communication scientifique effectuée à un récent colloque. Cette communication portait sur « Les relations entre les variations environnementales et la biologie de la reproduction chez le kangourou ». Le titre est alléchant, le résumé de la communication en tient les promesses, et même au-delà. Jugez-en plutôt, comme on dit à la radio.

« Les 1 739 kangourou (*Dipodomys ordii* Woodhouse), qui ont été collectionner dans les 25 mois d'études, ont était classifié dans trois groupes d'ages en utilisant les caractères craniels. Fondé sur les dimensions des testicules [je me demande où les kangourous les portent] les mascules ont été capable de reproduction au cours de l'entière période de l'année. Le moyen numéro des embrions ont été 2.5 pour les femeles adultes et 2.2 pour les femeles nonadultes. Ils ont été des significant corrélations entre le caractère de la reproduction et les 14 variables du milieu ambiant. Il est postulé que, pour la femele, la saison de la reproduction peut etre en liason avec les effets de la saison des pluies d'automne. Ces constatations sont en concordance avec des vieux études qui ont établient une relation entre la presence de la verdure et la reproduction des kangourous. »

Il se peut que des esprits grincheux tirent de ce document la conclusion que, en tant que langue de communication scientifique, le français n'occupe pas exactement une place prépondérante parmi la communauté des nations. C'est possible, mais en tant que langue de communication poétique, vous m'accorderez qu'il est conforme aux traditions d'amour courtois de notre langue et de notre peuple de savoir que les masculs ont été capables de reproduction.

Je vous souhaite le bonjour.

Nous vivons une époque moderne.

Heureux habitants de l'Allier et des autres départements français, ce serait beaucoup me flatter que d'espérer que vous avez encore en mémoire une histoire vraie que je vous ai narrée naguère[1]. Il s'agissait de petites annonces publiées par des journaux gratuits et proposant à la concupiscence des Français mâles des Roumaines de 18 à 40 ans, belles, sérieuses, instruites, peu farouches et désireuses de se perfectionner dans notre langue et même d'en mieux posséder certaines arcanes.

L'agence de rencontres qui publiait cette petite annonce poussait même la délicatesse jusqu'à préciser que ces Roumaines, je cite, « avaient été sélectionnées et qu'elles seraient suivies ».

J'ignore comment s'est développé le marché de la Roumaine avec service après-vente et contrat dépannage-entretien, mais les affaires n'ont pas dû aller trop mal, puisque les mêmes journaux gratuits publient aujourd'hui une annonce ainsi rédigée : « Monsieur, vous êtes seul ? *Optez pour une jeune femme d'URSS.* Jolies, intelligentes, bien dans leur tête et dans leur peau, sérieuses, elles savent apprécier ce que vous avez à leur offrir. » Fin de citation. L'annonce se conclut par une invite qui ne me paraît pas limpide et que je vous livre : « Pour une démarche cohérente, contactez-nous. »

1. Cf. *Chroniques matutinales*, Éd. du Seuil, coll. « Points Actuels », 1993, p. 145.

J'avoue ne pas très bien saisir ce que peut être une « démarche cohérente » en matière de location-vente d'une jeune femme d'URSS « bien dans sa tête et bien dans sa peau », mais le consommateur ne peut que se réjouir de voir la concurrence jouer entre les importateurs de Roumaines instruites et les courtiers en ex-Soviétiques qui sauront apprécier ce que nous avons à leur offrir. Toutefois, comme il semble bien que le Bureau de vérification de la publicité n'a pas encore examiné la conformité de ces annonces au code qui régit la réclame, nous sommes en droit d'attendre que l'Institut national de la consommation publie très prochainement des tests comparatifs.

Étant bien entendu que je n'échangerai pas Mlle Martin contre deux Roumaines, même instruites, ni contre deux Russes, même sérieuses, je vous souhaite le bonjour.

Nous vivons une époque moderne.

Heureux habitants du Vaucluse, il y a vingt-quatre heures, je vous entretenais de la mise sur le marché du sentiment et des trucs qui vont avec, de cargaisons de femmes d'origine roumaine et d'origine russe, grâce au zèle d'une agence spécialisée dans la traite des Blanches. Peut-être certains d'entre vous ont-ils déjà passé commande et, aujourd'hui, ils sont inquiets.

Seront-ils à la hauteur des qualités de ces créatures que le facteur va leur livrer à domicile dans les jours qui viennent ? Tant de charmes exotiques faisant irruption dans leur vie sentimentale ne risquent-ils pas de perturber chez eux tous les trucs qui vont avec ? Ce n'est pas pour rien que France-Inter s'enorgueillit du beau nom de « radio de service public », et me voici me voilà qui vais donner à ces inquiets les moyens de faire face à leurs nouvelles obligations.

Le premier de ces moyens, je l'ai trouvé dans une pleine page de publicité d'un journal de télévision. Il s'agit d'un flacon de 30 millilitres d'un produit dénommé Bio-Attraction et qui, selon son inventeur, « est composé de molécules qui véhiculent les *stimuli* d'attirance jusqu'au cerveau des personnes qui vous entourent », fin de citation. Je ne vous dis pas les ravages que, toujours selon l'inventeur, opèrent les personnes de tout sexe qui s'aspergent de son liquide.

Mais si vous préférez mettre un peu de technologie dans l'érogène, j'ai trouvé votre affaire dans un autre magazine. Sur la même page, cette publication propose à ses lecteurs une télécommande universelle (mais qui ne marche pas pour ce à quoi vous songez), un ioniseur d'air, une desserte pliante et un Biopotenzor. Le Biopotenzor est « le fruit – je cite – de la haute technologie allemande ». Son rôle est de stimuler la circulation sanguine ainsi que la distribution hormonale et d'agir bénéfiquement sur les muscles des organes qui, des organes que, enfin, des organes. Il crée des champs magnétiques alternatifs à une fréquence particulière qui peuvent avoir un effet étonnant sur la capacité sexuelle et la puissance. Suivent quelques précisions que l'heure matutinale et le caractère public de cette radio m'empêchent de divulguer. D'ailleurs, je n'ai pas tout compris.

Ce Biopotenzor issu de la haute technologie allemande ne mesure que 45 millimètres sur 6. D'après le mode d'emploi, il se place dans la poche du pantalon. J'imagine que les personnes qui ont l'habitude de retirer leur pantalon pour prouver leur affection à autrui peuvent toujours se le scotcher sur la cuisse.

Je vous souhaite le bonjour.

Nous vivons une époque bien moderne.

Heureux habitants du Gard et des autres départements français, ce n'est pas pour me vanter, mais je ne suis pas sans espérer que vous vous souvenez de cette municipalité dont l'office de tourisme a invité récemment Stendhal à participer à son Salon du livre. J'avais cru la chose exceptionnelle ; si j'en juge par les documents que j'ai reçus de moult auditeurs sachant auditer, je me suis mis le doigt dans l'œil jusqu'à l'omoplate. Un journal qui traînait sur les tables de dentistes et de docteurs dans mon enfance comportait une rubrique qui s'intitulait : « La réalité dépasse la fiction. » Ah, que ce journal était dans le vrai ! Jugez-en plutôt.

Un auditeur de l'heureux département des Landes est membre du conseil d'administration d'un aéro-club. Ses comparses et lui-même cherchent un mécanicien. Le bon sens leur dicte de passer une petite annonce dans le journal des aéro-clubs qui, avec une grande simplicité, s'intitule *Les Ailes*. Nos aéroplanistes exécutent ce que leur dicte le bon sens. Comme ils sont légers et courts d'argent, ils utilisent le style le plus télégraphique possible et leur annonce dit : « Aéro-club ch. mécan. Env. Cur. Vitae. Aérodrome de X. » Et, huit jours après, ils reçoivent une lettre adressée à « M. Cur. Vitae », domicilié à leur aéro-club.

Mais cela n'est rien à côté de l'histoire qui advint à la bibliothèque de Saint-Ouen-l'Aumône, dans le département du Val-d'Oise. A la bibliothèque de Saint-Ouen-l'Aumône, on trouve toutes sortes de livres, comme il se doit. Et donc les ouvrages d'Agatha Christie.

Par ailleurs, à l'intérieur de chaque livre, on trouve une fiche qui rappelle le nom de l'auteur, le titre du livre et la date de début de prêt, le tout orné d'un tampon où figurent le nom et l'adresse de la bibliothèque. Un emprunteur ayant emprunté un roman d'Agatha Christie l'égara dans un train. L'ouvrage fut apporté par les services diligents de la SNCF au bureau des objets trouvés de la préfecture de police de Paris. Ledit bureau, conformément à ses devoirs, recherca le propriétaire dudit livre. C'est ainsi que le facteur eut à acheminer une lettre adressée à « Mademoiselle Agatha Christie, Bibliothèque, 95310 Saint-Ouen-l'Aumône ». La lettre informait Mlle Agatha Christie qu'elle récupérerait son livre moyennant un droit de garde de 16 francs.

Oui, bon, et alors, chroniqueur matutinal et malveillant, qu'est-ce qui te défrise dans cette histoire ? Eh bien, auditeur matutinal et bienveillant, ce qui me défrise dans cette histoire, c'est que, Agatha Christie étant mariée, ce n'est pas « Mademoiselle » mais « Madame » qu'il convenait d'écrire.

Je vous souhaite le bonjour.

Nous vivons une époque comme on dit à la radio.

Heureux habitants de l'Essonne et des autres départements français, vous n'êtes pas sans savoir que le pays est morose. Morose est même un mot faible. Comme disait autrefois le général de Gaulle, la hargne, la rogne et la grogne se sont emparées des esprits et des cœurs, et les Français s'abandonnent aux délices de leur maladie nationale, le tracassin.

Dans de telles périodes, c'est en vain que le gouvernement s'efforce de s'efforcer : quoi qu'il fasse, il vérifie le proverbe bantou qui veut que celui qui urine contre le vent se retrouve toujours avec les pieds humides. C'est injuste mais cela est : les mesures les plus réfléchies ne sont accueillies que par des sarcasmes et des haussements d'épaules.

Prenez l'exemple de la délocalisation : les énarques à Strasbourg, les vétérinaires apprentis à Clermont-Ferrand au lieu de Maisons-Alfort, la Société d'exploitation industrielle des tabacs et allumettes à Angoulême, l'Institut national de la propriété industrielle à Lille, un bout de la Direction générale de l'armement à Val-de-Rueil, l'Agence du médicament à Marseille et le ministère de la Ville dans une banlieue, faute sans doute de pouvoir l'installer à la campagne, voilà des mesures qui n'ont pas été comprises. Et quand je dis qu'elles n'ont pas été comprises, je veux dire qu'elles ne l'ont été par personne, même pas par ceux qui les approuvent.

Que disent en effet les partisans de ce remue-ménage

de fonctionnaires et assimilés ? Que cela va permettre de meilleures conditions de travail pour les personnes concernées et que cela libérera des immeubles et des terrains pour réaliser des logements sociaux. Ce sont là, sans doute, des avantages réels, mais bien faibles en comparaison de la conséquence positive majeure de cette grande valdingue de bureaux et de bureaucrates.

Et quelle est-elle cette conséquence positive majeure, ô chroniqueur matutinal qui cherche par la suavité de tes inflexions à dissimuler la perfidie de tes propos ? Eh bien, auditeurs barbouillés des restes de votre sommeil trop tôt interrompu, cette conséquence est simple. A force de faire valser les emplois, on finira par ne plus savoir où ils se trouvent, et cette noria d'emplois rendra la tâche si compliquée aux statisticiens chargés de dénombrer les chômeurs qu'avec un peu de chance et beaucoup d'habileté ils arriveront à compter deux fois les emplois délocalisés : une fois là où ils se trouvent, et une autre fois là où ils devraient se trouver. Voilà comment la délocalisation va non seulement irriguer les provinces d'un sang rien moins qu'impur mais diminuer le nombre des chômeurs par le biais d'une méthode préconisée depuis des lustres : la mobilité de l'emploi.

Je vous souhaite le bonjour.

Nous vivons une époque moderne.

Heureux habitants du Morbihan et des autres départements français, l'homme s'affirme chaque jour comme le roi des animaux. Non seulement aucun autre mammifère n'a eu l'idée de créer des supermarchés, sans lesquels on se demande ce qu'on aurait bien pu faire le samedi, mais encore l'homme, non content d'avoir inventé le supermarché et son accessoire consubstantiel, le Caddie, l'homme, donc, vient d'inventer, j'ai l'honneur de vous le faire assavoir, le Caddie interactif à écran cathodique.

Vous entrez dans votre hyper-supermarché habituel. Le chariot dont vous vous saisissez est équipé d'un écran, genre télévision qui s'allume. En lettres coloriées façon fluo, l'écran vous indique les produits en réclame. Il s'offre même à vous y conduire par le moyen d'un plan qui se dessine sous vos yeux et où votre position et la position des susnommés produits en réclame sautent littéralement aux yeux, sous les espèces de points lumineux de différentes teintes qui clignotent avec un enthousiasme qui n'a d'égal que celui d'un candidat à *La Roue de la fortune* lorsqu'il s'aperçoit qu'il va repartir chez lui avec un canapé en skaï sauvage, un lampadaire érogène, une gravure encadrée en bois laqué façon mélèze *et* un bonzaï géant *ou* un caoutchouc avec son pot.

Si vous dédaignez les produits en réclame signalés par l'écran, il ne vous en tiendra pas rigueur. En passant par exemple devant le rayon « alimentation », si vous vous laissez tenter par une boîte de sardines à l'huile, vous n'avez qu'à taper sur le clavier relié à l'écran : « boîte de sardines à l'huile », et, en littéralement moins de temps qu'il n'en faut pour le dire, l'écran vous informera sur :

1) la valeur calorique de la sardine à l'huile ;

2) la teneur en cholestérol de la sardine à l'huile ;

3) la proportion de glucides, lipides, protides dans la sardine à l'huile ;

4) les différentes manières d'utiliser la sardine à l'huile à des fins alimentaires ;

5) les vins qui sont le mieux susceptibles de marier leur bouquet à la saveur de la sardine à l'huile.

Je ne le jurerais pas, mais il n'est pas exclu, avec les incessants progrès du progrès, que l'écran vous donne bientôt, en plus de ces cinq indications, la région maritime où la sardine à l'huile fut ravie à l'affection des siens par un filet de pêche, le jour et l'heure où ça s'est passé, la profondeur sous-marine à laquelle évoluait la sardine à l'huile, et peut-être même son prénom et son arbre généalogique...

Peut-être pensez-vous que, lorsque l'on fait ses courses, on n'a guère le temps de taper le nom de chaque produit que l'on achète sur un clavier. Les hypermarchands des hypermarchés américains où sont expérimentés ces Caddies électroniques y ont pensé également. Des panneaux informent les clients qu'un certain pourcentage de ceux qui utilisent le clavier se verra accorder un bon de réduction substantielle, lequel bon apparaîtra sur l'écran après un certain nombre de manipulations du clavier. Du coup, ça marche si fort que, en plus d'être le roi des animaux, on peut se demander si, dès qu'il pose le pied dans un hypermarché, l'homme ne s'affirmerait pas aussi comme le roi des...

Nous vivons une époque moderne.

Je vous souhaite le bonjour.

Heureux habitants de l'Aude et des autres départements français, vous n'êtes pas sans avoir déjà trouvé dans vos boîtes aux lettres ou sans avoir reçu dans la rue un prospectus vantant les mérites d'un mage africain installé dans l'Hexagone à seule fin de nous procurer sa protection maraboutesque dont on peut attendre la santé, la réussite en amour, d'importants gains au Tiercé, au Quarté et même au Quinté +, la guérison de l'impuissance et de la frigidité, les cinq numéros gagnants du prochain Loto *et* le numéro complémentaire, sans oublier le succès en affaires et dans les études et les retours d'affection.

Le chiffre d'affaires de ces philanthropiques sorciers passe pour être 1) considérable, 2) en expansion constante. Eh bien, ça n'est pas pour me vanter, mais je crois pouvoir vous annoncer en exclusivité que les Japonais, après avoir constaté puis analysé la propension des Français à recourir à la magie, ont décidé de nous titiller ladite propension afin de nous fourguer les produits de leur industrie fourmillante ! J'ai en effet sous les yeux un prospectus publicitaire pour un radiateur baptisé « le poêle japonais ». Ce poêle, si j'en crois sa réclame, « remplace à lui seul de 2 à 7 radiateurs ». Il est doté d'incroyables gris-gris comme, je cite : « un air-sensor, des turbines incorporées et un filtre catalytique ». Il est en outre précisé qu'il fonctionne sans installation, sans branchement, sans cheminée et, ce qui est encore plus fort, sans gaz, sans fuel, et même sans électricité. Ce poêle japonais qui donc fonctionne sans rien mais n'en produit pas moins autant de calories que de 2 à 7 radiateurs, ce poêle japonais, son revendeur a trouvé un définitif argument publicitaire qui, souligné par trois points d'exclamation, barre de grandes lettres noires le prospectus de réclame : « DIABOLIQUE ！！！ », tel est l'adjectif qui doit attirer l'attention du chaland sur notre poêle.

Pour une fois dans l'histoire de la réclame, cet adjectif me paraît bien choisi. En effet, dans un journal gratuit distribué aux heureux habitants du département de la Haute-Garonne, j'ai retrouvé mon prospectus sous la forme d'un placard publicitaire. Tout y était, le filtre catalytique, l'air-sensor, les turbines incorporées, l'absence de branchement, l'inutilité d'une cheminée, du gaz, du fuel, de l'électricité, mais en plus de toutes ces caractéristiques, il y avait un renseignement qui ne figurait pas sur le prospectus ; dans le journal il était écrit : « Nouveau ! Le poêle japonais à infection électronique. » Tout comme les envahisseurs avec leur petit doigt, les Japonais nippons venaient de se trahir avec une petite phrase que même Mme Cresson n'aurait pas trouvée. Repoussons les poêles infecteurs électroniques. Montrons-leur de quel bois nous nous chauffons !

Je vous souhaite le bonjour.

Nous vivons une époque moderne.

Heureux habitants de la Nièvre et des autres départements français, ce n'est pas pour me vanter, mais je me parfume de l'espoir que vous vous souveniez d'une récente chronique où je vous racontais comment la bibliothèque de la ville de Saint-Ouen-l'Aumône avait reçu une lettre destinée à Mlle Agatha Christie et l'informant que la SNCF avait retrouvé son livre.

Eh bien, croyez-le ou non, quoique mes graffougnages soient à la littérature policière ce que les tags des aérosols-artistes de M. Lang sont à la peinture de Seurat, j'ai moi-même reçu pas plus tard qu'hier une invitation à honorer de ma présence une Fête du livre qui aura lieu prochainement à Limoges ! Ce n'est pas pour me vanter, mais c'est le député-maire de la ville en personne qui m'écrit pour me faire connaître cette invitation.

Bon, très bien, chroniqueur matutinal et polygraphe, mais pourquoi nous racontes-tu ça, à part pour ne pas te vanter ?

Eh bien voilà, auditeurs curieux. Le texte de l'invitation précise : « Le thème choisi par les organisateurs de la Fête du livre sera "L'aventure au féminin". » Et la lettre ajoute : « Votre production littéraire illustre ce thème, c'est donc à ce titre que je me permets de vous convier à cette manifestation. » Là, j'ai dû opérer un retour en moi-même : feuilletant avec fébrilité les livres que j'ai publiés – dont plusieurs rassemblant en gerbe les chroniques que j'ai l'honneur de vous dispenser épi par épi –, j'ai cherché dans lequel de ces importants ouvrages de l'esprit j'avais traité le thème de « L'aventure au féminin ». A vrai dire, et je le regrette aujourd'hui amèrement, il n'y en a pas. Certes, la lettre du député-maire de Limoges précise que « L'aventure au féminin », ce peut être l'aventure vécue ou racontée par les femmes ou l'aventure des femmes décrite par les hommes. Mais cela ne change pas grand-chose. Non seulement je suis d'un naturel peu aventureux, mais encore je ne suis pas une femme, je ne l'ai jamais été, et je n'envisage pas de le devenir, du moins dans un avenir prévisible. Quant à avoir raconté des aventures vécues par des femmes, eh bien, mon Dieu, je n'y ai jamais pensé. A moins que... bon sang, mais c'est bien sûr !

D'ici que se tienne la Fête du livre de Limoges, j'ai le temps de me rattraper et je m'en vais vous bailler désormais en guise de chronique les aventures de Mlle Martin dans la maison gironde, tous les matins entre 7 heures 45 et 8 heures moins le quart.

Je vous souhaite le bonjour.

Nous vivons une époque moderne.

Heureux habitants de l'Eure-et-Loir et des autres départements français, ce n'est pas pour me vanter, mais je dois constater que moult auditeurs sachant auditer ont saisi à quel point la compréhension entre les peuples constitue l'une des préoccupations cardinales de ces causeries matutinales. Or il n'y a pas de compréhension possible si l'on ne résout pas d'abord le problème du langage. Le plus souvent, c'est dans la traduction que l'on trouve le salut. J'ai déjà eu l'honneur de porter à votre connaissance quelques exemples où la pratique des langues vient au secours du rapprochement entre les hommes, et un auditeur de la race citée plus haut vient de m'en faire tenir un nouveau. Il s'agit de la traduction en français, figurant au dos de l'emballage, d'un jeu fabriqué à Taiwan. D'après le traducteur, le nom de ce jeu dans la langue de Molière serait *Enfermé*. Et l'homme de l'art précise que le jeu *Enfermé* est, je cite, « un des grands jeux pour aucon nombres des joueurs aux tous âges. C'est aussi bon pour aider les enfants avec l'usage des nombres ». Fin de citation.

Quel est l'objectif que doivent poursuivre les personnes qui jouent à *Enfermé* ? Cela figure clairement sur l'emballage. Il s'agit, je cite, « de couvrir tous les nombres en conformément le avec jette des dés », fin de citation. Ensuite, je recite : « Le joueur premier jette les dés seulement une fois et il couvre les nombres au valeur des dés. On peut utiliser 9 à couvrir les nombres

1 et 8, 2 et 7, 3 et 6, 4 et 5 ou tous les nombres qui total 9. » Jusque-là, ça a l'air simple. Mais cela peut se compliquer... Je recite : « Si le nombre jettant ne rend capable plus des nombres d'être couvrit le compte est fermé et le joueur suivant prends son tour. » Ah ! Je dois dire que je me demandais quand le deuxième joueur allait arriver et ce qu'il aurait à faire... « Le joueur deuxième jette seulement une fois et se découvrit su beaucoup nombres possible qui est couvert par le joueur premier. » Oui, mais alors comment sait-on qui a gagné ? Rien de plus simple : « Le jeu continue avec le jetté des dés jusqu'à le premier joueur a couvert tous les nombres et gagne ou le deuxième joueur a se découvrit tous les nombres et gagne. »

Ah bon ! Mais ce n'est pas un peu fastidieux, comme jeu ? Ça le serait peut-être, mais la dernière phrase du mode d'emploi précise : « La familiarité avec le jeu permet les déviations aux règles en haut. » Fin définitive de citation.

J'ai tendance à croire que, même si nous nous groupons, ce n'est pas demain que l'Internationale sera le genre humain. Ça nous empêchement pas moderne époque avoir vivi.

Je vous souhaite le bonjour.

Heureux habitants de la Haute-Loire et des autres départements français, vous n'êtes pas sans avoir remarqué que les administrations, en général, doivent fréquemment subir les feux de la critique. Plus elles sont en contact direct avec le public, plus cet axiome se vérifie. La Sécurité sociale, la Poste, la SNCF se voient souvent prendre à partie par des usagers fatigués, fatigués par exemple d'attendre au guichet, d'attendre leur courrier ou d'attendre leur train. La mauvaise humeur desdits usagers ne peut être tempérée que par deux choses : l'amélioration du service public ou le déploiement d'actions de communication visant à améliorer l'image dudit service public.

C'est dans cette deuxième direction que s'est lancée la SNCF, dont nombre de clients banlieusards ont fait savoir l'an dernier, par divers moyens, y compris le sit-in sur les rails, qu'ils en avaient sérieusement assez de subir des retards nombreux. A l'automne dernier, ces retards ont été particulièrement fréquents sur le réseau de la banlieue nord de Paris. C'est pourquoi le service de communication de nos chemins de fer a fait distribuer le tract suivant, dont j'ai connaissance aujourd'hui : « De nombreux retards affectent certains trains, le matin notamment. Motif : les feuilles mortes et l'humidité (chutes importantes ces derniers jours et temps à la pluie), qui transforment les voies ferrées en patinoires. Les trains n'adhèrent plus et n'avancent plus. »

L'état-major de la SNCF comporte un nombre non négligeable de polytechniciens. C'est pourquoi, lorsqu'ils ont constaté : 1) que les feuilles tombent des arbres en automne, 2) que les pluies sont généralement plus fréquentes entre la Toussaint et Noël qu'entre la Pentecôte et l'Assomption, nos chemins de fer nationaux se sont livrés à une enquête approfondie sur l'ampleur des problèmes consécutifs à la concomitance de ces deux phénomènes générateurs de difficultés spécifiques. Leur conclusion figure dans le tract remis aux voyageurs désespérés de ne pas voir leur train venir. Je vous la livre : « Ce problème concerne la France entière, plus particulièrement les zones boisées. » Fin de citation.

Ayant ainsi scientifiquement déterminé que la chute des feuilles a tendance à se produire sous les arbres – et sans doute que la pluie advient statistiquement le plus souvent lors des accumulations de nuages –, les polytechniciens ont imaginé une solution. On sait que le polytechnicien qui coupe les pattes d'une sauterelle, lui dit : « Saute ! », et ne la voit pas sauter, en conclut qu'elle est devenue sourde. C'est dans le même esprit que, pour remédier aux difficultés de circulation des trains occasionnées par la chute des feuilles en automne, la SNCF a créé, sur les lignes perturbées par cette chute, différents services de cars permettant de transporter les usagers. On constatera ainsi la supériorité des anciens élèves de l'École polytechnique sur des poètes comme Jacques Prévert qui, lui, lorsqu'il abordait un tas de feuilles mortes, n'envisageait que de les « ramasser à la pelle »…

Je vous souhaite le bonjour.
Nous vivons une époque moderne.

Heureux habitants des Bouches-du-Rhône et des autres départements français, vous n'êtes pas sans vous souvenir que, en septembre dernier, un glacier du Tyrol a laissé échapper le cadavre momifié d'un homme de petite taille dans un étonnant état de conservation. Baptisé « homme de Similaun » en raison de l'endroit où il fut trouvé, l'homme momifié et congelé fut incontinent prié de faire don de son corps à la science. On s'interrogea s'il était préhistorique.

Notons cependant que les premières estimations sur son âge donnaient 100 ans à l'homme de Similaun, ce qui fait remonter la préhistoire à la naissance d'Antoine Pinay, que personne n'a jamais vu rentrer dans sa caverne en tirant sa compagne par les cheveux, ni peindre des aurochs sur les murs des ministères où il a officié. De 100 ans, on est passé à 500 ans, ce qui ne nous met quand même qu'au siècle de Christophe Colomb – époque où Antoine Pinay n'était pas encore au monde, du moins je le crois.

Puis, grâce à l'Institut des études préhistoriques d'Innsbruck et au professeur Konrad Spindler, on a effectué un prodigieux bond dans le temps et considéré que l'homme du glacier de Similaun avait à vue de nez dans les 4 000 printemps. C'est alors que l'on s'est mis en devoir d'analyser ses viscères pour savoir de quoi il se nourrissait, de mesurer son crâne avec un pied à coulisse pour savoir ce qu'il pouvait bien penser et d'étudier chacun de ses organes pour échafauder des hypothèses sur les usages qu'il pouvait bien en avoir.

Tout cela se serait passé au mieux dans le meilleur des mondes si, la semaine dernière, une citoyenne du canton helvétique de Zurich n'avait déclaré au département fédéral des Affaires étrangères que l'homme de Similaun s'appelait Hans-Gustav. « Et comment cela ? lui a demandé le fonctionnaire. D'où tirez-vous qu'il s'appelle Hans-Gustav ? » « Je l'ai très bien connu et non moins bien reconnu sur les photos que j'ai vues chez mon dentiste. Il a disparu en montagne il y a vingt ans et c'était mon père. »

Et, quoique la citoyenne helvétique du canton de Zurich n'ait pas pu expliquer ce que son père était parti faire en montagne avec une hache en silex, un carquois, un arc et quatorze flèches à pointe de pierre, elle a réclamé que l'Autriche lui restitue le corps. Je ne voudrais pas me mêler de ce qui ne me regarde pas – ce n'est pas mon genre –, mais j'espère que notre ministre de la Défense fait solidement garder notre soldat inconnu.

Je vous souhaite le bonjour.

Nous vivons une époque moderne.

Heureux habitants de la Haute-Savoie et des autres départements français, vous n'êtes pas sans avoir remarqué que, grâce aux efforts de Mme Véronique Neiertz, notre pays est doté depuis peu d'une loi condamnant le harcèlement sexuel. Cette heureuse disposition va considérablement modifier la vie des entreprises – sauf celle de Radio France, où les dispositions architecturales de notre maison ronde réduisent à peu de chose les chances de poursuite à des fins lubriques et où il n'y a plus guère de harceleur que notre directeur de l'information, M. Levaï, mais son harcèlement est exclusivement professionnel, ce qui le met à l'abri de la loi.

Cela dit, il faut bien reconnaître que la modification des rapports entre les sexes, qu'elle soit législative ou qu'elle tienne aux transformations des mœurs, a bouleversé la conception de leur virilité que se faisaient nombre de mes congénères... Aux États-Unis, cela est particulièrement sensible. Le Men's Movement, ou Mouvement des hommes, organise, pour les plus atteints d'entre eux, des stages intensifs avec des séminaires de réflexion sur la virilité. Pour environ 1 800 francs, les mâles affaiblis peuvent apprendre à tenir tête aux femmes modernes et à continuer à croire en la prééminence de leur sexe. Certains de ces stages-séminaires ont regroupé jusqu'à 1 500 hommes.

Comme – sans vouloir me vanter – la nature m'a doté d'un tenace esprit de contradiction et parce que, de surcroît, je n'imagine que peu de choses plus horribles que de passer tout un week-end avec pour toute compagnie 1 499 individus avec du poil sur la poitrine, je leur dédie cette information en provenance de Kampala, capitale de l'Ouganda jadis gouverné par le général Idi Amin Dada.

Plusieurs centaines de femmes ont manifesté dans les rues de Kampala pour réclamer des peines plus sévères contre les violeurs, y compris la castration. Elles ont distribué un tract dans lequel on pouvait lire : « Les hommes sont en possession d'un instrument potentiellement dangereux qui devrait être coupé s'il n'est pas utilisé convenablement. » Fin de citation.

Au petit déjeuner des week-ends du Men's Movement, à la place du bénédicité, on pourrait réciter une phrase parodiant Victor Hugo : « Bon appétit, messieurs qui êtes encore intègres... »

Je vous souhaite le bonjour.

Nous vivons une époque moderne.

Heureux habitants de la Martinique et des autres départements français, la science et la religion n'ont pas toujours fait bon ménage et, contrairement à ce que l'on pourrait penser, elles ont encore des prises de bec. Je m'en vais le montrer tout à l'heure.

Vous n'êtes pas sans savoir que la médecine a accompli de considérables progrès en matière de greffes d'organes. On peut aujourd'hui vous compléter, ou vous renforcer, ou vous agrémenter, ou même vous bouturer, grâce à un morceau de quelqu'un d'autre dont le quelqu'un d'autre en question n'a plus le besoin ni l'usage.

Nous te voyons venir, chroniqueur matutinal et chaussé de pesantes galoches, tu vas nous faire le coup du « si un homme est composé de plusieurs morceaux d'autres hommes, que se passera-t-il le jour de la résurrection des morts ? ». Pas du tout, auditeurs impulsifs, tel n'est pas mon propos, que j'aurais d'ailleurs poursuivi si vous ne m'aviez pas interrompu. Mon propos est donc que si la médecine peut vous greffer un bout d'autrui, à plus forte raison le peut-elle s'il s'agit d'un bout de vous-même que vous auriez perdu dans certaines circonstances. En Iran, on compte parmi ces circonstances le fait d'avoir été condamné pour vol à avoir une main tranchée. Que doivent décréter les ayatollahs quant à l'éventualité de voir le condamné se précipiter à l'issue du supplice vers une glacière portative apportée par sa famille, y déposer sa main et prendre le tout sous son bras en direction du plus proche hôpital ?

Une commission composée des plus hauts juristes de l'Iran ayatollesque s'est penchée sur cette grave question. Il lui est apparu que l'on ne peut interdire à un manchot de fraîche date de chercher à redevenir intégral, même si c'est pour ne pas avoir été intègre que ce bipède est devenu monomane. Mais il est bien évident que les tribunaux ne peuvent pas être ridiculisés par des voleurs à qui ils ont fait trancher la main et qui se servent de ladite main greffée pour leur faire un bras d'honneur ou peut-être même un geste encore plus offensant pour les mœurs des magistrats.

Ç'aurait bien été le bout du monde que la commission spécialisée ne trouve pas une ruse à sa façon pour faire plier les principes de la charité devant les exigences des tribunaux : faute de pouvoir interdire aux amputés de se faire greffer, elle envisage d'interdire aux hôpitaux de recevoir des condamnés. Il reste aux voleurs amputés la solution de faire cryogéniser leur membre en attendant que les ayatollahs perdent la main ou qu'ils la passent.

Je vous souhaite le bonjour.

Nous vivons une époque moderne.

Heureux habitants de l'Orne et des autres départements français, notre pays, vous n'êtes pas sans le savoir, est riche de minorités nombreuses et variées. L'une d'entre elles est la minorité des publiphobes, dont quelques représentants se sont réunis en une association qui publie un bulletin sobrement intitulé *Le Publiphobe*. Dans sa dernière livraison, ce bulletin propose d'ingénieuses techniques de boycott de la publicité.

Ainsi conseille-t-on de retourner les sacs en plastique lorsqu'ils portent une marque commerciale ou d'exiger dans les cafés-bars un verre sans nom de produit gravé ou peint et un cendrier baptisé neutre, c'est-à-dire dépourvu des mêmes décorations. Pour être honnête, je n'ai pas encore essayé. Il est vrai que la haute mission civilisatrice que m'a confiée Ivan Levaï sur cette antenne m'interdit de fréquenter les débits de boissons et tout autre établissement de plaisir…

Quelques moyens de boycott suggérés par *Le Publiphobe*, quoique simples, sont peu connus. Ainsi, il est possible de se faire inscrire gratuitement par France Télécom sur une liste dite « orange », ce qui interdit à cette administration de commercialiser votre adresse et de la vendre à des entreprises de démarchage par courrier. Notons d'ailleurs que *Le Publiphobe* invite chacun à conserver la paperasse publicitaire déposée dans sa boîte aux lettres tout au long de l'année 92 pour en faire collectivement un grand feu le 31 décembre prochain.

D'autres moyens de boycott sont, de l'aveu même des rédacteurs du *Publiphobe*, plus radicaux et donc plus difficiles. Ainsi en est-il du fait de jeter sa télévision par la fenêtre, même après s'être assuré que l'opération ne présente pas de danger pour autrui. Par contre, puisque, même sur les chaînes publiques, la publicité coupe certaines émissions, on peut, comme l'a fait un publiphobe de l'Indre, payer sa redevance au moyen d'un chèque déchiré en deux morceaux entre lesquels on aura agrafé une réclame découpée dans un journal. Enfin, dans le cas d'une publicité sur la voie publique par haut-parleurs – à l'occasion, par exemple, d'une semaine commerciale –, on peut parcourir les artères infectées avec un transistor à plein volume branché, par exemple, sur France-Culture.

Le Publiphobe joue également le rôle de vigie et nous alerte sur le terrain conquis par son ennemie. Craignant ainsi que la fusion des professions d'avocat et de conseil juridique ne donne lieu à la levée de l'interdiction de la publicité faite aux membres du barreau, *Le Publiphobe* nous interpelle ainsi : « A quand des spots télévisés du genre : "Avec maître Martin, le docteur Petiot aurait eu un non-lieu" ? »

C'est une bonne question car nous vivons une époque moderne et je vous souhaite le bonjour.

Heureux habitants de l'Aube et des autres départements français, ce n'est pas pour me vanter, mais France-Inter compte des auditeurs fidèles dans la bonne ville de Clermont-Ferrand, bonne ville quoique terriblement affectée par le chômage, mais ma causerie de ce matin est sans prétention socio-économique.

Cette causerie trouve cependant son prétexte dans un événement naturel mais chargé de tristesse : le décès de la parente d'un auditeur sachant auditer de la bonne ville de Clermont-Ferrand, plus précisément le décès de sa tante prénommée Marie-Émilie et que nous appellerons Martin, 1) pour préserver l'anonymat de son neveu, et 2) en raison de l'affection que nous portons aux Martin en général et à quelque Martin en particulier – mais ne nous égarons pas...

Marie-Émilie Martin étant passée dans un monde meilleur sans laisser d'enfants dans celui-ci, son neveu affectionné déclara son décès à la caisse d'allocations familiales du Puy-de-Dôme qui assurait la subsistance de Marie-Émilie sous la forme d'une prestation mensuelle. Puis, ayant accompli ce devoir administratif, le neveu s'employa à mettre de l'ordre dans les quelques affaires de sa tante. Un mois après avoir signalé le décès de celle-ci, passant, à tout hasard, à son domicile, il trouva dans la boîte aux lettres de Marie-Émilie une lettre de la caisse d'allocations familiales adressée à la défunte. Je vous la lis :

« Madame,
Nous avons bien reçu votre courrier.
Nous avons donc étudié vos droits. Ils changent à partir du 1er du mois prochain.
Désormais, vous n'avez plus droit à aucune prestation mensuelle. »

Et c'est signé : « Votre Caisse d'allocations familiales. »

Je dois à la vérité d'ajouter qu'en bas de la lettre il est écrit : « Pour contester la Caisse, appelez le n° de téléphone qui figure ci-dessus ou composez sur Minitel le 36 15 CAF. »

Et encore plus bas, et en tout petits caractères : « Si vous contestez notre décision, vous devez, dans un délai de 2 mois, adresser une lettre à la commission de recours amiable de votre Caisse d'allocations familiales. »

Je vous souhaite le bonjour.
A votre avis, quelle sorte d'époque vivons-nous ?

Heureux habitants de la Haute-Garonne et des autres départements français, vous avez ouï sur France-Inter, lu dans vos gazettes et vu à la télévision que la station de métro Louvre, puis trois autres gares du chemin de fer métropolitain de Paris avaient été badigeonnées de graffitis nombreux et peu délébiles, généralement rédigés en anglais sous forme de variations et fugues autour du thème « Fuck you » que l'on peut considérer comme une initiation sans aménité pour les voyageurs à aller se faire… disons empapaouter, au plus vite et dans les conditions les plus sommaires.

C'est la deuxième fois que cela se produit à la station Louvre, et la RATP, qui est la mère nourricière du métro et des autobus parisiens, a paru chagrinée de l'apparition de ces graffitis agressifs. Me voici me voilà qui viens la rassurer : c'est de l'art, même si ça a l'air d'être du cochon. Et comment sais-tu que c'est de l'art, ô chroniqueur matutinal et à moitié encalminé ? Je le sais, auditeurs dont les trompes d'Eustache sont mon gagne-pain, je le sais parce que j'ai sous les yeux un communiqué de l'Association Française pour la Promotion de l'Art Contemporain-avec-des-majuscules-partout, ce qui en dit long sur l'importance de cet organisme subventionné.

Ce communiqué date de décembre dernier et il annonce que le 17 du mois susdit les taggers de la station de métro Louvre, je cite, « quelques mois après leur action déjà très médiatique, ont pour la première fois accepté de récidiver en participant à une manifestation à caractère officiel », fin de citation. Les taggers du Louvre étaient donc invités, le 17 décembre dernier, à venir tagger à la Grande Arche de la Défense. Ce ne fut pas sans de grands efforts de la part de l'Association Française pour la Promotion de l'Art Contemporain-avec-des-majuscules-partout car les taggers, je cite, « avaient jusqu'à présent refusé de se produire, ne voulant à aucun prix courir le risque d'être récupérés par une presse plus sensible au sensationnel qu'à l'aspect artistique de leur démarche », fin de citation.

Il faut croire que l'Association-avec-des-majuscules-à-chaque-mot a su rajouter un zéro à « à aucun prix » puisque les taggers du Louvre ont finalement accepté de courir le risque d'être récupérés.

Et qu'ont-ils réalisé à la Grande Arche de la Défense ? Deux « performances », comme on dit chez les mots à majuscules. « A l'extérieur d'abord, sur le socle même de la Grande Arche, un "trow up" (tag rapide effectué à l'aide de bombes dont les orifices "trafiqués" permettent un débit important de peinture, il s'agit d'une succession de lettres aux formes arrondies, remplies d'une couleur). Le support de cette performance sera un mur géant de bidons qui fera ultérieurement l'objet d'une vente aux enchères. Dans un second temps, à l'intérieur de l'Arche cette fois-ci, les taggers réaliseront une vaste fresque sur toile (2 m × 8 m) durant deux heures. »

Et le commentaire poursuit : « Le caractère artistique de cette performance sera lui plus évident pour les non-initiés. Le but de cette dernière performance est clair : faire passer dans le public l'idée que le tag n'est pas uniquement à assimiler à une dégradation des sites publics mais doit plutôt être considéré comme le symbole artistique d'une nouvelle culture urbaine. »

Évidemment, on peut considérer que l'idée ci-dessus mentionnée n'est pas complètement passée dans le

Les progrès du progrès

public. Mais, si le ministre de la Culture veut bien aider l'Association à mots majusculés à organiser d'autres récidives des taggers du Louvre – et je suis sûr qu'il veut bien –, nos yeux de béotiens embourgeoisés finiront bien par s'ouvrir et nous deviendrons enfin sensibles – je recite le communiqué – à « ces rencontres exceptionnelles entre des jeunes artistes créateurs contemporains hors du commun qui, déjà, annoncent les références artistiques de la décennie qui commence », refin de citation.

Je vous tagge le bonjour dans les trompes à Eustache. Ah, la modernité !…

Heureux habitants de l'Indre et des autres départements français, ce n'est pas pour me flatter, mais le Français se distingue des autres peuples en ce qu'il s'élève constamment au-dessus de lui-même, ce qui est un exploit stupéfiant si l'on considère qu'il est déjà très haut.

C'est à tort que l'on évoque je ne sais quelle sinistrose doublée de morosité. Partout les énergies sont tendues vers des buts élevés. Que dis-je, tendues, bandées ! J'ai ainsi sous les yeux la liste des performances accomplies par les habitants du bourg de Beslon, aux confins de la Manche et du Calvados – car le Calvados et la Manche ont des confins, contrairement à ce que répandent des malintentionnés et propagent des ignorants.

Le bourg de Beslon ne compte guère plus de 500 âmes, mais quelles âmes ! En l'espace de six années, les citoyennes et les citoyens de Beslon :

1) se sont adjugé le record du monde de lancer du rouleau à pâtisserie, désormais établi à 47,94 mètres ;

2) ont construit un bilboquet dont le manche mesure 1,65 mètre et dont la boule jouit d'un diamètre de 90 centimètres ;

3) ont établi que l'on peut transporter 6 personnes adultes dans une seule brouette de fabrication standard ;

4) ont fait sauter le bouchon d'une bouteille de cidre avec une si étonnante détermination que ledit bouchon a parcouru 29,54 mètres sans toucher terre après son expulsion du goulot ;

5) ont fait sauter une crêpe à 8,20 mètres au-dessus de la poêle dans laquelle elle est retombée ;

6) ont entraîné une repasseuse normande à acquérir une telle agilité dans son art que, en 17 minutes de chronomètre, celle-ci a repassé 100 mouchoirs carrés de 30 centimètres de côté – ce qui indique par parenthèse que les indigènes de Beslon ont de grands nez, à moins qu'ils n'utilisent simultanément à plusieurs le même mouchoir.

Mais six exploits ne suffisaient pas à nos vaillants dévoreurs de records. Il leur fallait atteindre le chiffre sacré de 7. C'est pourquoi ils ont imaginé un défi formidable et ils l'ont relevé vaillamment. Ce septième exploit a consisté à enfiler à un cochon de modèle fermier courant quatre chaussettes spécialement tricotées à son intention, un bonnet de laine façon sports d'hiver, un short genre jogging fabriqué sur mesure et un pull-over 30 % laine et 70 % acrylique. Cet exploit a été réalisé en 37 secondes et 83 centièmes.

On sait maintenant pourquoi l'habillage de cochon n'est pas une discipline olympique : c'est parce que notre supériorité dissuade les autres peuples de se mesurer à nous.

Je vous souhaite le bonjour.

Nous vivons une époque moderne.

Alors, heureux habitants du Nord et des autres départements français, on s'en est fourré jusque-là pendant ce week-end ? Et aujourd'hui on est au bouillon de légumes cordon rouge et au 0 % fermier moulé à la louche pour nettoyer son sang, alléger son foie, soulager son cœur, ménager ses reins et relaxer sa rate ? Eh bien, il ne sera pas dit que je n'aurai pas consacré une chronique à vous délivrer de vos soucis ! Laissez tomber vos régimes. Non seulement ils ne servent à rien, mais en plus ils vous conduisent à votre demeure dernière bien plus vite que vous n'irez en laissant faire la nature.

Et où pêches-tu cela, impudent sybarite matutinal et incorrigible épicurien ? Je pêche cela dans l'une des plus austères et des plus renommées publications médicales, *The British Medical Journal*, qui publie une étude réalisée pendant quinze ans sur 1 200 cadres supérieurs. Ces 1 200 forçats des Temps modernes avaient été repérés par leurs médecins. Leur fort taux de cholestérol, leur tension artérielle élevée, leur surcharge pondérale et leur usage du tabac à raison d'au moins dix cigarettes par jour les désignaient comme fortement susceptibles d'avoir de sérieux ennuis cardio-vasculaires.

Les chercheurs les ont divisés en deux groupes : 600 ont eu le droit de continuer à vivre comme par le passé dans la bonne chère et tout ce qui s'ensuit ; 600 ont été priés de ne plus fumer, de faire de l'exercice, de se tenir à l'écart de l'alcool et du sucre, de brouter des légumes verts et de forcer sur le poulet, le veau et le poisson.

Que croyez-vous qu'il arriva ?

Au bout de quinze ans, le taux de mortalité par accident cardio-vasculaire chez les patients suivant un régime s'est trouvé deux fois plus élevé que chez les patients à qui on avait fichu la paix. « Ce n'est pas qu'un fort taux de cholestérol soit sans danger, explique le professeur Peter Nixon, c'est qu'il constitue une réponse du corps à un stress particulier et qu'il est encore plus dangereux de priver ceux qui en ont besoin de cette réponse. » Et, en plus, l'obligation du régime constitue un stress supplémentaire et donne au patient le sentiment d'avoir perdu son autonomie. Ce pourrait bien être la goutte d'eau qui met le feu aux poudres (en anglais : *to get the last straw*).

Voilà une étude dont il me semble que nous pourrions tirer une double moralité : premièrement, comme le dit la sagesse populaire, il n'y a pas de mal à se faire du bien ; et, deuxièmement, je proposerai une maxime de ce genre : il ne faut tolérer les gens qui veulent notre bien que jusqu'au moment où ils font de chacun de nous son propre ennemi. Et là-dessus, champagne pour tout le monde.

Je vous souhaite le bonjour.

Nous vivons une époque moderne.

Heureux habitants de la Saône-et-Loire et des autres départements français, il paraît que, pour faire désormais bonne figure aux élections, chaque parti va s'efforcer d'avoir l'air plus écologiste que l'autre. Pourtant, en France, l'écologie est davantage un sujet de conversation et de récrimination qu'un pôle de mobilisation. Il paraît que ça ne marche bien que dans les pays qui ont une vieille tradition protestante. Pourtant, c'est au Québec que l'écologie est devenue un véritable sport national, au Québec où l'on porte si fort l'empreinte du catholicisme que pour jurer on s'exclame « Calice », « Hostie », « Ciboire », « Tabernacle », voire « Calice d'hostie de tabernacle de ciboire ».

Le Québec n'est pas seulement connu pour ses jurons et son catholicisme. Il l'est aussi pour ses castors et ses trappeurs. Des trappeurs, il n'y en a plus guère. Des castors, on en trouve aujourd'hui autant que de Québécois : 6 millions et quelque. C'est que les lois de protection de la nature et des espèces animales ont découragé les trappeurs de trapper et encouragé les castors à s'unir et à se reproduire. Tant et si bien se sont-ils reproduits que la question à l'ordre du jour n'est plus comment protéger les castors mais comment *se* protéger *des* castors. Le castor construit des barrages, les barrages retiennent l'eau. L'eau déborde sur les routes et les chemins, et le contribuable paie la réfection des chemins et des routes. Le technocrate se retrouve pensif. C'est quand il se retrouve pensif que l'on doit observer le technocrate. Va-t-il revenir sur sa décision de limiter drastiquement l'activité des trappeurs ? Ce serait mal le connaître. Le technocrate déteste revenir sur une décision. Par contre, il adore prendre plusieurs décisions et les additionner. C'est pourquoi, au Québec (car, bien sûr, je ne parle là que du technocrate québécois), au Québec, donc, le technocrate a décidé de maintenir les limites de l'activité des trappeurs qui piègent le castor mais d'autoriser que cet animal soit chassé au fusil. Dans sa sagesse, le technocrate a pensé que cela permettrait d'éliminer quelques castors mais pas trop. Il n'y a en effet que deux moments de la journée où l'on peut apercevoir le castor : au petit jour et à la tombée de la nuit. Ce sont d'ailleurs et précisément les deux moments de la journée où, il y a quelques années, le technocrate a interdit, pour des raisons de sécurité, que les chasseurs utilisent une quelconque arme à feu. Comme il est assez peu probable que beaucoup de Québécois chassent le castor à la lance, au couteau ou à mains nues, le problème reste entier et le technocrate se retrouve pensif. Observons-le à nouveau. Il me semble qu'il songe à faire distribuer aux castors des boîtes de préservatifs.

Je vous souhaite le bonjour.

Nous vivons une époque moderne.

Heureux habitants de l'Ain et des autres départements français, la disparition de l'URSS ne nous conduit pas seulement à envisager différemment l'avenir : elle nous amène à reconsidérer le passé. Les archives s'ouvrent, et ça ne fait que commencer. Il en tombe des documents plus frappants qu'un marteau et plus fatals qu'une faucille. Ainsi par exemple, lorsque de vastes grèves secouaient l'Ouest de l'Europe, on se moquait sans pitié de ceux qui y voyaient et y dénonçaient la main de Moscou cherchant à désorganiser l'industrie occidentale. Rien de plus réactionnaire, voire de plus ridicule, que de suggérer que les communistes soviétiques soutenaient secrètement des mouvements revendicatifs à l'Ouest avec la même vigueur qu'ils mettaient à les interdire chez eux. Eh bien, les journalistes du *Sunday Times*, en consultant les archives secrètes du comité central du PC de l'URSS, y ont trouvé l'indication des sommes versées aux communistes anglais pour financer certaines grèves anglaises, et ils ont même établi le nom du destinataire, un certain Reuben Falber, assistant du secrétaire général du PC britannique aujourd'hui à la retraite.

Retrouvé au nord de Londres, Reuben Falber a confirmé qu'il avait dépensé l'argent de Moscou pour financer des grèves sauvages ou pour payer des meneurs qui étaient parvenus à faire prolonger certaines grèves contre la décision des syndicats. A son palmarès, entre autres, la grande grève des marins de 1966, les célèbres grèves des dockers de 1970 et 1972 et la fameuse grève des mineurs de 1974, qui mit à terre le gouvernement d'Edward Heath. Certains des meneurs financés par Moscou avaient droit à des stages de formation à Cuba et d'autres étaient récompensés par des vacances gratuites en Union soviétique.

Un certain nombre de communistes anglais ont pris connaissance de ces faits avec un net écœurement et ont démissionné de leur parti. D'autres, utilisant une méthode éprouvée depuis Lénine, ont nié l'évidence avec une mâle énergie. Mais, pour être communiste, on n'en est pas moins anglais et donc adepte de l'art de la litote. C'est ainsi que le responsable du secteur industriel du PC britannique, Bert Romelson, interrogé par mes confrères du *Sunday Times* sur l'argent de Moscou, a répondu qu'il n'était au courant de rien de semblable. Puis il a ajouté : « Évidemment, il aurait fallu que je sois idiot pour ne pas me rendre compte qu'une certaine forme de soutien arrivait jusqu'à nous. »

Je vous souhaite une certaine forme de bonjour.

Nous vivons une certaine forme d'époque moderne.

Heureux habitants du Rhône et des autres départements français, ce n'est pas pour me vanter, mais, hier dimanche, j'étais dans une charmante ville de province et j'ai pris l'autobus de la régie municipale. Il avait plu et il allait pleuvoir. Deux dames montèrent séparément dans l'autobus et s'assirent sur deux banquettes face à face. Elles se jaugèrent du regard. L'une et l'autre avaient presque fini de friser la soixantaine et paraissaient issues de ce que l'on appelle la moyenne bourgeoisie. La première tenait un parapluie, la seconde, non.

Celle qui avait emporté un parapluie le replia et, ce faisant, heurta légèrement sa vis-à-vis. Comme elle s'en excusait, la vis-à-vis en question eut un geste d'apaisement et dit : « J'avais bien vu qu'il pleuvait, mais je préfère ma capuche. » Et elle sortit de son sac un foulard en plastique transparent que certains peuvent juger inesthétique mais que tous doivent reconnaître imperméable.

« Oh, vous savez, enchaîne la dame au parapluie, c'est chacun sa méthode. Quand il pleut, il y a même des gens qui ne prennent rien du tout. Certes, pendant les fêtes, on avance mal dans les rues, avec tous ces gens qui vont faire leurs courses, mais ça ne fait rien, je prends mon parapluie quand même : je n'aime pas être mouillée. »
« Oui, d'accord, dit la dame à la capuche qui semblait du genre grenadier Flambeau à Waterloo au moment de la charge de Blücher et, donc, ne pas douter de son dernier

mot, oui d'accord, mais ce n'est pas commode pour porter les paquets. »

Alors, superbe de retenue et ménageant ses effets en deux temps, la dame au parapluie déclara : « D'abord, ça m'est égal, je ne fais presque pas d'achats » ; puis, comme son interlocutrice semblait désapprouver cette avarice, la dame ajouta, foudroyante : « Je suis veuve depuis deux mois. » Et elle descendit à la station tandis que l'autobus nous emportait, moi et les restes décomposés de la dame à la capuche.

Je vous souhaite le bonjour.
Nous vivons une époque moderne.

Heureux habitants des Côtes-d'Armor et des autres départements français, ce n'est pas pour me vanter, mais, pour enclavée que soit l'Auvergne, on y reçoit les ondes qui portent cette matutinale chronique jusque dans le huis clos des salles de bains. Dans le huis clos précisément de l'une de ces salles de bains auvergnates, un auditeur se rase la couenne. L'aile de la quarantaine l'a effleuré et cependant il est célibataire. (Je ne vois pas pourquoi je dis « et cependant » – reprenons.) L'aile de la quarantaine l'a effleuré. Il est célibataire, et son nom figure dans l'annuaire des téléphones parmi ceux d'autres heureux habitants du Puy-de-Dôme. Appelons-le M. Martin, sans vouloir offenser personne.

C'est d'ailleurs dans cet annuaire que les spécialistes de la vente par correspondance ont pêché son patronyme et, depuis cette pêche, il ne se passe pas de semaine sans qu'il reçoive de prospectus au nom de Mme Martin. Comme notre Martin est célibataire parce que c'est comme ça que la vie lui plaît, cela l'agace qu'on envoie à son inexistante moitié des incitations à dépenser. Aussi a-t-il écrit à l'une de ces principales firmes dont je ne peux dire le nom mais qui s'est placée sous le patronage d'un nombre d'Helvètes placé entre 2 et 4. « Si vous voulez me vendre quelque chose, a écrit Martin à cette firme, cessez de m'appeler Madame et de me proposer des colliers de perles, des foulards, des bagues à pierres semi-précieuses, des boucles d'oreilles, des pendentifs et des poudriers. »

La firme lui a répondu que son informatique ne connaissait et ne pouvait connaître que des dames, car elles constituent l'essentiel de la clientèle qui commande par correspondance. Pour convaincre Martin de ce double fait, la lettre par laquelle on répondait à ses récriminations commençait par « Chère cliente », l'imbécile ordinateur ne pouvant pas établir de relation entre l'en-tête d'une lettre et son contenu.

Toutefois, la firme aux Helvètes compris entre 2 et 4 a dû chercher à se faire pardonner car, peu après, notre ami Martin a reçu une offre exceptionnelle dont on l'assurait qu'il comptait parmi le petit volume de bénéficiaires. Il s'agissait, pour l'incroyablement modique somme de 424 francs, de commander sans délai, je cite, « une jolie robe d'amazone avec laquelle, cet hiver, vous serez jolie comme un cœur », fin de citation. Notre ami Martin n'envisageant pas d'être le premier Auvergnat à embrasser la carrière d'Amazone, il n'a pas donné suite à cette proposition. Tenez bon, Martin ! Nous sommes avec vous. Gardarem lou célibat.

Je vous souhaite le bonjour.

Nous vivons une époque moderne.

Heureux habitants des Landes et des autres départements français, la plupart d'entre vous, je le sais, sont des adeptes de multiples sports car, comme on l'entend dire à la radio, nous vivons une époque moderne, et l'homme est moderne parce que son ventre est plat, alors que le ventre de son ancêtre était souvent creux. Quant à la femme, elle est moderne parce que sa cuisse est ferme, tandis que la cuisse de sa grand-mère n'était souvent pas assez cuite, du moins dans les peuplades autrefois cannibales.

En plus de ses vertus hygiéniques, morales et sociales, chacun sait que le sport favorise l'épanouissement de la personnalité et le développement de facultés qui, sans lui, resteraient pratiquement en jachère. Ainsi le football développe-t-il chez le footballeur une grande ingéniosité pour la dissimulation, surtout fiscale, et le ski alpin, si l'on en juge par les récentes menaces de grève pour cause d'insuffisance de primes proférées par nos champions, le ski alpin développe l'aptitude au calcul mental.

Outre ses qualités, le sport est un fabuleux outil de rapprochement. D'abord de rapprochement entre les classes sociales. Je connais des tas de bourgeois – si je peux m'exprimer ainsi – qui n'auraient jamais vu de leur vie un sous-prolétaire s'ils n'avaient pas assisté à un match de boxe. Et je ne mentionne que pour mémoire le rapprochement entre les races, dont le sport est le magnifique prétexte. Combien de Français passeraient pour racistes si on ne les avait pas vus applaudir des Nègres et même des Arabes courant victorieusement sur des terrains de football ?

Enfin, et c'est peut-être moins connu, le sport est un outil de rapprochement entre les sexes. C'est même sans doute l'outil du rapprochement entre les sexes le plus efficace. J'ai même appris que le rapprochement entre les sexes dans le sport est si rapproché que le Comité international olympique a dû prendre une décision drastique pour réintroduire un peu d'éloignement. Serait-ce qu'aux prochains Jeux olympiques les hommes et les femmes seront protégés de leurs bas instincts par des gardes armés et des chiens gendarmes (car il n'y a pas que des chiens policiers) ? Vous n'y êtes pas : pour freiner le rapprochement des sexes dans le sport, le CIO vient de décider que les athlètes subiraient des tests chromosomiques afin de déterminer scientifiquement ceux qui sont des hommes et celles qui n'en sont pas. Malheureusement, il paraît que la marge d'erreur est encore de 30 %.

Je vous souhaite le bonjour.

Nous vivons une époque moderne.

Heureux habitants du Val-d'Oise et des autres départements français, nous vivons de plus en plus longtemps et en conservant une étonnante santé, et je me demande si nous avons raison de nous en réjouir. Considéré d'un point de vue personnel, *a priori*, oui. Qui se plaindrait, une fois débarrassé des obligations du travail, d'avoir devant soi des années dont il sera le seul maître et dont il pourra jouir ? Seulement, avant de partir à la retraite, il faut supporter ceux qui y sont déjà parvenus. « Cet âge est sans pitié », écrivait Molière, et combien il avait raison. La longévité constitue un état qui monte à la tête de ceux qui y parviennent. En Afrique du Sud, un riche vieillard de 87 ans, incapable de se déplacer sans une paire de cannes, vient de s'aviser que, s'il mourait un jour, ce serait sans descendants. Il a donc décidé d'offrir à toute femme qui accepterait d'avoir commerce de chair avec lui la somme de 1 200 000 francs s'il naît une fille de leur rapprochement et de 2 400 000 francs s'il en éclot un garçon. On dit que les candidates se chiffrent par centaines et le médecin du vieillard soutient que son barbon est capable de les honorer toutes.

Plus près de nous, comme on dit à la télévision, en Helvétie, savez-vous comment Lili Lochmatter a fêté ses 90 ans ? En s'offrant un vol en parapente qui s'est terminé à l'aéro-club de Genève. Et ce n'est que roupie de sansonnet comparé à une sujette de Sa Gracieuse Majesté britannique domiciliée à Sheffield et âgée de

94 ans. Cette nonagénaire accomplie faisait tourner en bourrique ses voisins par son tapage constant, ce qui fit que l'on appela la police. La vieille dame refusa d'ouvrir à un premier policier, puis à un second qui menaça de revenir en force pour ouvrir sa porte par n'importe quel moyen. En effet, il revint, et accompagné. Ce fut pour recevoir sur la tête des bombes artisanales réalisées avec des boîtes de plastique remplies d'ammoniaque et d'eau de Javel.

Pour venir à bout de la délinquante sénile, il fallut un groupe d'intervention avec combinaisons protectrices, casques et boucliers. Je vous pose la question : est-il raisonnable, alors que jeunesse ne sait toujours pas, que vieillesse désormais puisse encore ? Qui nous rendra nos bons vieux d'autrefois, les vieilles de Ronsard et de Clément Marot, les vieux de Montaigne, de Victor Hugo, de Jacques Brel, les bons vieux, les vrais vieux immobiles et taisants, les vieux qu'on aérait à chaque équinoxe, les vieux qui ne s'habillaient pas fluo, les vieux qui ne faisaient pas le Nil en croisière et le Bhoutan en safari photo, les vieux qui vieillissaient dans la fumée de l'âtre, entre les saucisses et le jambon, bref, les vieux qui laissaient la place aux jeunes, les vieux des neiges d'antan ?...

Je vous souhaite le bonjour.

Nous vivons une époque moderne.

Heureux habitants de l'Isère et des autres départements français, vous êtes témoins que Mlle Martin ici présente me persécute avec régularité pour que je rattrape mon retard de courrier. Elle a raison, rien de plus sacré qu'une lettre. Elle apporte, outre le témoignage de cette camaraderie de bon aloi qui nous lie à nos auditeurs, les signes de l'infinie variété du talent desdits auditeurs.

M'arrive-t-il de laisser échapper que Molière parlant des vieillards a écrit : « Cet âge est sans pitié » ? Quarante-huit heures plus tard, le courrier me tape sur les doigts et moult auditeurs me tirent les oreilles, s'exclamant : « Ô âne bâté matutinal, tu as dit Molière là où c'est le nom de La Fontaine qu'il fallait prononcer. »

Me laissé-je aller jusqu'à évoquer l'acte de chair en des termes trop crus ou trop empruntés à la froide description médicale ? Le surlendemain je reçois d'une auditrice le conseil d'utiliser plutôt cet extrait d'un psaume de David : « Semblable à l'époux sortant de la chambre nuptiale, plein d'enthousiasme comme un athlète, il est prêt à fournir sa carrière, et sa course le mène jusqu'à l'autre bout sans que rien n'échappe à son ardeur. »

Tant de courtoise érudition dans le reproche ne peut que réjouir un cœur honnête, mais il ne suffit pas d'avoir le cœur honnête, il faut l'avoir bien accroché. C'est ainsi que j'ai reçu hier d'un auditeur me faisant l'honneur de me prendre pour un autre la lettre suivante :

« Monsieur,

J'ai suivi avec beaucoup d'intérêt l'interview où vous avez parlé des dons d'organes. Sans engagement actuellement de ma part, pouvez-vous me donner les précisions nécessaires qui me permettraient de me décider, c'est-à-dire formalités, coût et processus ? »

Comme il faut répondre à tout afin que Mlle Martin ne gronde pas, je profite de ce que je suis à l'antenne pour préciser à cet auditeur que ma compétence en matière d'organes se limite à celui dont j'ai fait don à Radio France et que je vais faire suivre sa lettre à une consœur plus versée que moi dans l'usage des abattis *post mortem* à des fins de réparation médicale, et, tout en félicitant mon correspondant tant en mon nom personnel qu'en celui de Mlle Martin pour sa philanthropie admirable, je me permets, au nom de Mlle Martin comme en mon nom propre, de lui suggérer de ne pas faire figurer ses oreilles au nombre des parties de lui-même dont il a la gentillesse de vouloir faire profiter tel ou tel de ses survivants.

Je vous souhaite le bonjour.

Nous vivons une époque moderne.

Heureux habitants de l'Indre-et-Loire et des autres départements français, avec un peu de malchance, nous atteindrons bientôt le chiffre de 3 millions de demandeurs d'emploi corrigé des variations saisonnières. Les spécialistes de la chose s'accordent en général pour dire que, sur le marché de l'emploi, la situation est faite de paradoxes. D'un côté, les chômeurs sont nombreux et souvent au long cours ; de l'autre, de nombreuses offres d'emploi ne trouvent pas preneurs. Certaines parce qu'elles demandent une formation qui est peu répandue en France, d'autres, au contraire, parce qu'elles proposent des emplois pénibles, dévalorisés, sans qualification.

Remarquons toutefois que la formulation de certaines offres d'emploi peut ne pas encourager d'éventuels candidats. J'ai ainsi sous les yeux le bulletin n° 421 de l'ONISEP, autrement dit Office national d'information sur les enseignements et les professions. La Direction de l'administration générale de la Ville de Paris y propose 491 postes d'éboueur à des personnes âgées de 17 ans au moins et de 45 ans au plus. Ces postes sont pourvus par concours. Il n'est pas précisé la nature du concours nécessaire à l'octroi d'un emploi d'éboueur. Peut-être faut-il savoir reconnaître une poubelle – pardon : un conteneur d'ordures ménagères – d'une automobile de couleur vert pomme pas mûre. Mais si un impétrant au poste d'éboueur est capable de cette performance, cela ne suffira pas. La Direction de l'administration générale

de la Ville de Paris exige encore qu'il fournisse, je cite :
« un curriculum vitae détaillé ».

Ayant le privilège de quitter mon domicile à l'heure matutinale où les bennes à ordures passent dans ma rue, je me suis interrogé sur ce que le curriculum vitae détaillé des éboueurs qui se tiennent à l'arrière de leurs flancs pouvait bien receler de propre à convaincre l'administration sus-citée de leur capacité à recueillir les ordures ménagères, tout en me félicitant que la Ville de Paris se maintienne à un niveau de civilisation tel que ses éboueurs doivent savoir quelques mots de latin pour postuler à ses emplois.

Après plusieurs jours d'observation, j'en suis venu à la conclusion que la lettre idéale de candidature de ces travailleurs de l'aube devait être à peu près la suivante :

« Monsieur le Directeur,

J'ai l'honneur de solliciter de votre bienveillance mon inscription au concours d'éboueur de la Ville de Paris pour lequel je suis particulièrement qualifié, étant noir depuis ma naissance et partageant mon logement avec sept autres Noirs dans l'attente incertaine d'un improbable regroupement familial ou d'une descente à mon foyer des skinheads ou du Parti des forces nouvelles.

Je vous prie d'accepter, Monsieur le Directeur, que je vous souhaite le bonjour et de considérer que je vous remercie de faire que nous vivons une époque moderne. »

Heureux habitants de la Meuse et des autres départements français, s'il vous est arrivé d'être assez heureux pour visiter notre capitale ou si vous avez l'extrême bonne fortune de vivre dans ce foyer de la civilisation et ce berceau des Lumières qu'est Paris, il est impossible que vous n'ayez pas visité le palais du Louvre. Si votre visite n'est pas trop ancienne, vous avez admiré ou détesté la pyramide de verre et d'acier édifiée par l'architecte de dilection du président de la République, M. Ieoh Ming Pei, dans la cour dite « du Carrousel ». Entre cette cour du Carrousel et l'église Saint-Germain-l'Auxerrois se trouve la fameuse cour dite « cour Carrée ». Cette cour Carrée où la lumière semble jouer plus qu'ailleurs sur les façades et les sculptures, cette cour Carrée dont les harmonieuses proportions invitent à la halte et à la contemplation paisible, cette cour Carrée reçoit chaque année plusieurs millions de visiteurs. Il était donc naturel que le musée du Louvre la fasse photographier pour en tirer une carte postale. Cette carte postale, je l'ai sous les yeux. On y voit la cour Carrée en plongée, la façade ouest bien découpée dans la lumière, la façade sud légèrement surexposée et, au premier plan, l'un des flambeaux de pierre qui marquent l'angle des corniches. Au centre de la photo, léché par l'ombre de la façade nord, on aperçoit le bassin rond de pierre et le jet d'eau sous lequel, l'été, il arrive que des touristes cherchent à tromper la canicule.

Dis donc, chroniqueur matutinal, tu ne prétends pas

nous faire une conférence à cette heure-ci et nous affecter l'humeur par des propos genre : « Dans notre série Connaissance du monde, voici Le Louvre, palais de contrastes... » Patience, auditeurs atrabilaires, patience.

Au dos de la carte représentant la cour Carrée, le fonctionnaire du musée du Louvre chargé des cartes postales a fait imprimer une légende qui, avec une grande simplicité, dit : « Musée du Louvre, la cour Carrée. Architecte... » Là résidait la difficulté. Des architectes, la cour Carrée en a eu plus d'un, depuis Pierre Lescot sous François Ier en passant par Claude Perrault sous le Grand Roi et Victor Lefuel sous Napoléon le Petit. Les inscrire tous n'aurait pas laissé grand-place à la partie de cette carte réservée à la correspondance. Alors l'homme des cartes postales a tranché. Il n'a retenu qu'un nom et écrit : « Architecte : Ieoh Ming Pei. » Les esprits chagrins objecteront que, de tous les architectes ayant touché au Louvre, Ieoh Ming Pei est le seul dont la main n'ait pas posé le pied sur la cour Carrée. Sans doute. Mais c'est le seul dont le protecteur soit encore vivant.

Je vous souhaite le bonjour.

Nous vivons une époque moderne.

Heureux habitants des Pyrénées-Atlantiques et des autres départements français, ce n'est pas pour me vanter, mais je me flatte que quelques-uns d'entre vous se souviennent d'une causerie matutinale où je m'aventurais à brocarder un ordinateur incapable de différencier les sexes et faisant parvenir à un auditeur résolument masculin et incessamment célibataire des prospectus pour des boucles d'oreilles, des colliers et des jupes d'amazone tout en l'appelant « Madame », voire « Chère Madame ».

Un auditeur non moins distingué et demeurant au Havre, aimable cité fondée en 1517 par François Ier, retouchée par Vauban, détruite par la guerre et achevée par l'architecte Auguste Perret, un auditeur havrais, donc, qui m'assure écouter régulièrement cette chronique avec plaisir et en se rasant – ce qui semble compatible, et voilà un nouveau miracle des ondes –, un auditeur, disais-je, et sachant auditer, verse au dossier de l'imbécillité des ordinateurs une nouvelle pièce, et de poids.

Pour honorer son fondateur, Le Havre a baptisé l'un de ses établissements scolaires « lycée François Ier ». Le proviseur de ce lycée a reçu d'une firme de vente par correspondance un prospectus adressé à « M. François Premier ». Ce prospectus proposait à quiconque passerait commande à cette firme « une superbe calculette » en guise de cadeau de bienvenue. Et, au cas où M. François Premier hésiterait à se laisser tenter, le lyrique rédacteur de cette réclame ne se privait pas de le prendre directement à partie : « Imaginez, écrivait-il, imaginez, cher Monsieur Premier, les inestimables services que vous rendra cette superbe calculette ! »

Il me semble que ce type de prospectus pourrait finir par constituer un genre littéraire en soi. J'imagine Mme d'Arc se voyant offrir en cadeau de bienvenue par cette firme placée sous le patronage d'Helvètes dont le nombre est compris entre 2 et 4 « un superbe briquet », M. d'Alembert, « une magnifique encyclopédie », M. Premier (Napoléon, le cousin de l'autre, sans doute), « un pittoresque voyage dans une île de l'Atlantique-Sud », M. Trois (Napoléon également), « une imposante reproduction du tableau de la prise de Sedan », M. Quatre, Henri, une bouteille de jurançon. Mais, à vrai dire, ce que j'attends avec impatience, c'est que le président de notre bonne maison – dont j'embrasse les genoux avec déférence et servilité – reçoive une missive commerciale au nom de Mme France (prénommée Radio) et lui proposant de suggestifs dessous et d'intéressants déshabillés. Soyez bon, monsieur le président, faites suivre le courrier jusqu'au studio 135. Mlle Martin remplira le bon de commande et je regarderai les images.

Je vous souhaite le bonjour.

Nous vivons une époque moderne.

Heureux habitants de la Savoie et des autres départements français, ce n'est pas pour vous inquiéter, mais au fil des jours il me faut bien constater que le progrès, tel le termite, ronge les fondements culturels de notre société et nous prépare insidieusement un monde où nous ne reconnaîtrons plus rien. Il n'est pas jusqu'à l'Italie – terre de tradition s'il en fut – qui ne soit affectée par cette invisible gangrène. Jugez plutôt.

Giuseppe Pasqui, toscan de la région de Florence, ayant pris pour épouse une accorte Toscane, se trouva fort marri lorsqu'il s'avisa que sa conjointe recevait les hommages indus d'un autre homme. Aussi résolut-il de faire un mauvais parti à son rival, et il mit si bon cœur à exécuter cette résolution que le soupirant de sa femme se trouva quelque temps entre les mains des médecins. Quand il en sortit, ce fut pour s'en remettre aux mains des juges, auprès de qui il se plaignit de coups et blessures volontaires. Giuseppe Pasqui, reconnaissant les faits, invoqua l'excuse de la jalousie, excuse jusqu'ici admise par les tribunaux italiens qui considéraient la jalousie, je cite, « comme un sentiment noble et élevé ».

La Cour de cassation italienne vient de procéder à un revirement radical de jurisprudence et a condamné Giuseppe Pasqui à neuf mois de prison en déclarant, je recite, que « la jalousie n'est pas un sentiment noble et élevé, mais une manifestation d'égoïsme constitutif d'un état passionnel que la conscience morale commune juge avec sévérité et qui donc ne saurait en rien constituer une excuse », fin de citation.

La jalousie, pas une excuse ! En Italie ! Ah, Cour de cassation, tu ne respectes donc plus rien ! Telle est la douloureuse exclamation qui me serait venue aux lèvres si mes yeux n'avaient pas été attirés par une autre information en provenance de la Péninsule. Selon le général commandant les carabiniers italiens et le directeur national de la police, 98 237 personnes liées à la Mafia se trouveraient actuellement en liberté avec la bénédiction des autorités judiciaires. 15 726 sont inculpées d'attaques à main armée, 3 738 de tentatives de meurtre et 2 263 d'assassinat, avec ou sans *s*.

Allons, soyons pour le progrès et abandonnons-lui l'excuse de jalousie du moment qu'il nous concède l'excuse de mafiosi... et pourvou que ça doure.

Je vous souhaite le bonjour.

Nous vivons une époque moderne.

Heureux habitants de la Loire et des autres départements français, vous n'êtes pas sans savoir que le latin n'est pas tout à fait une langue morte. C'est en effet dans cet idiome que continue à s'exprimer officiellement la papauté, et non seulement dans ses textes diplomatiques, dans ses encycliques, mais aussi dans ses canons et dans tous les documents par lesquels le Saint-Siège exprime ses avis et parfois ses commandements concernant la vie moderne.

Seulement voilà, cette vie moderne est encombrée de nouveaux objets, de nouveaux comportements, de nouvelles habitudes qui n'existaient pas au temps du regretté Cicéron. Qu'à cela ne tienne, se sont dit les fonctionnaires du Vatican, *sursum corda*! (en français : retroussons-nous les manches). Faudrait voir (en latin : *decet*) à ne pas se laisser entraver dans notre action légiférante et délibérante par un simple problème de manque de vocabulaire. Nous manquons de mots pour parler de la vie moderne : inventons-les! *Sublata causa, tollitur effectus!* Quand la cause sera supprimée, l'effet disparaîtra, dans la langue de M. de La Palice.

Le Vatican a donc créé une commission, *ad hoc* évidemment, qui s'apprête à publier un dictionnaire de latin moderne. Le dernier avait vu le jour il y a trente ans. *Quid novi* depuis MCMLX? se sont demandé les linguistes du Saint-Père – en français : Quoi de neuf depuis le temps des yé-yé? Et nos spécialistes ont commencé un recensement des choses apparues depuis cette époque, afin d'en faire des mots et plus précisément des mots latins. Nous saurons ainsi bientôt comment dire dans la langue de Pompée aussi bien « machine à laver la vaisselle » qu'« Amnesty International », « jackpot » que « lecteur laser », « sida » que « trekking au Népal », « fécondation artificielle » que « marathon de New York ».

Je me réjouis de la parution prochaine de cet ouvrage, car il m'est arrivé à plusieurs reprises de constater que, traduite en latin, une expression propre à notre époque acquiert une valeur poétique qui non seulement l'embellit, mais encore la revêt d'une sorte de manteau d'innocence. J'en veux pour preuve l'un des rares exemples que les membres de la commission vaticane ont donné des résultats de leur travail. Savez-vous ce que désigne en latin l'expression *exterioris paginae puella*? Vous n'y êtes pas. Allons : *puella*, la jeune fille ; *paginae*, la page ; *exterioris*, extérieure. Qu'est-ce dans un magazine qu'une page extérieure ? C'est la couverture. Et qu'est-ce qu'une jeune fille de couverture ? Vous y êtes, une *cover-girl*. Franchement, quand vos parents ou vos amis vous demanderont qui était la personne que vous teniez de si près l'autre jour au restaurant, cela ne vous fera-t-il pas plaisir de répondre : « C'est une jeune fille de page extérieure » ?

Et moi-même, ne suis-je pas fier comme Artaban de partager le micro chaque matin ouvrable avec cette *puella clamantis in studio* que l'on désigne en français sous le nom de Mlle Martin ?

Je vous souhaite le bonjour.

Nous vivons une époque moderne.

Heureux habitants de la Haute-Corse et des autres départements français, ce n'est pas pour le flatter, l'homme est le seul animal capable de payer une tournée générale à des inconnus que le hasard a poussés dans le même bistro que lui. C'est dire jusqu'où la générosité de ses libations peut aller lorsqu'il se trouve en compagnie d'amis et de familiers. D'amis ou de familiers, voire de clients ou de collègues. En France, c'est par erreur que *La Marseillaise* a été choisie comme hymne national. En réalité, le chant qui aurait le mieux convenu pour nous rassembler est le fameux « Il est des nô-ôtres, il a bu son verre comme les au-autres ».

Cependant, il convient de reconnaître que l'Europe, en s'édifiant peu à peu, nous force à considérer les coutumes de nos voisins. Elles n'ont parfois rien à nous envier. Ainsi, les Britanniques, que l'on croyait voués à l'originalité par l'insularité de leur situation géographique, les Britanniques, donc, lèvent le coude avec un enthousiasme gaulois. Le Centre d'études sur l'alcoolisme de Sa Gracieuse Majesté vient même de publier une étude sur les professions les plus attachées à la consommation d'alcool et donc les plus atteintes par les ravages y afférant. Bien entendu, de même que c'est parmi les catholiques que l'on trouve la plus forte proportion de prêtres, c'est chez les patrons de pub que l'on rencontre le pourcentage d'alcooliques et de cirrhotiques le plus élevé. On peut ici parler de maladie professionnelle, comme d'ailleurs pour la corporation qui vient immédiatement après dans le classement, celle des marins et des officiers de marine, victimes d'une tradition qui remonte aux tonneaux de rhum du temps des navires aux mille sabords.

La troisième place dans ce concours de décès par cirrhose revient aux pilotes d'avion. Comme la quatrième a été attribuée aux contrôleurs aériens, on peut se demander si Gérard d'Aboville n'avait pas été informé de ces statistiques lorsqu'il a décidé de voyager du Japon aux États-Unis par ses propres moyens. Le peloton de tête des ivrognes est complété par les officiers de l'armée de terre, dont on connaît la vieille jalousie à l'égard des marins.

Le taux moyen de décès par cirrhose de ces cinq professions oscille entre sept et dix fois le taux moyen national. Les journalistes quant à eux se situent à la 18e place avec un taux de cirrhose qui n'est que deux fois et demi plus élevé que celui de la population des îles de Sa Gracieuse Majesté.

Il est de mon devoir d'arrêter tout de suite ceux d'entre vous qui seraient tentés de penser que mes confrères français et moi-même nous situons à un niveau de consommation comparable. La supériorité de la presse britannique sur la nôtre est malheureusement un fait avéré.

Je vous souhaite le bonjour.

Nous vivons une époque moderne.

Heureux habitants de l'Ariège et des autres départements français, ça n'est pas pour me vanter, mais il était une fois dans la ville de Foix, dans le département dont je viens de saluer particulièrement les heureux habitants, un auditeur de France-Inter qui possédait quelques biens au soleil et, parmi eux, une boîte aux lettres. Il y a quelques jours, cet heureux Fuxéen, puisque ainsi on dénomme les citoyens de Foix, cet heureux Fuxéen, donc, s'en fut relever ladite boîte aux lettres.

Il y trouva, entre autres correspondances, un prospectus de quelque épaisseur l'incitant à s'abonner à un journal hebdomadaire. Vous n'êtes pas sans avoir remarqué que certains journaux hebdomadaires riches en publicité se lancent périodiquement dans la pêche aux abonnés en promettant, en plus d'une réduction considérable sur le prix de l'abonnement, un cadeau dont la valeur croît d'année en année. Encore un peu de patience et, en souscrivant un abonnement à l'un de ces magazines, on obtiendra gratuitement une maison de maçon. En attendant, ils vous offrent de quoi meubler la vôtre.

A notre Fuxéen, l'hebdomadaire *L'Express*, puisque c'est de lui qu'il s'agit, offrait un radio-réveil. Personnellement, étant donné la régularité avec laquelle j'effectue des séjours dans cet appareil ménager, je trouve cette offre plutôt sympathique. Malheureusement, sa formulation n'a pas enchanté mon correspondant, et notamment ses premières lignes, que je vous lis :

« Monsieur,
"Ai-je bien lu ? – feignait de s'interroger le prospectus à la place de son destinataire. Est-il exact que je vais recevoir pour moins de 12 francs par semaine *L'Express*, et ai-je vraiment droit, en plus, à un superbe radio-réveil *design* ?"

Cet étonnement – poursuit le texte – d'un lecteur qui habite, comme vous, l'Ariège, est parfaitement compréhensible... »

Fin de citation.

Quoique le département de l'Ariège soit assez montagneux et que ses vallées, au sud, ne soient pas toujours faciles d'accès, mon correspondant semble insister pour faire savoir à Paris que la plupart des Ariégeois ont renoncé à l'habitat dit « cavernicole », cher à l'homme de Cro-Magnon, qui d'ailleurs était un heureux habitant du département de la Dordogne. Il semble même que, après avoir adopté la station verticale, les Ariégeois en général et les Fuxéens en particulier aient bâti des édifices durables, renoncé au cannibalisme, adopté les religions monothéistes, pratiqué le repos du dimanche et appris à maîtriser l'électricité. La plupart d'entre eux auraient admis le principe du suffrage universel direct. Une majorité aurait abandonné les chars à banc et la traction animale. Plusieurs d'entre eux savent lire les grosses lettres et quelques-uns écrire. Depuis peu, la coutume de lire l'avenir dans les entrailles des poulets n'est plus que d'un usage exceptionnel. Je me suis même laissé dire que plus d'un heureux habitant de l'Ariège s'abandonne aux joies du jogging et utilise un préservatif lorsqu'il s'adonne à la copulation. Cela dit, cela ne prouve pas que l'Ariégeois, lorsqu'on lui offre un radio-réveil *design*, ne soit pas aussi étonné que le premier Esquimau à qui on fit entendre un phonographe...

Je vous souhaite le bonjour.

Nous vivons une époque moderne.

Heureux habitants du Gers et des autres départements français, je devrais ce matin modifier l'entrée en matière de ma matutinale chronique et vous apostropher d'un : « Particulièrement heureux habitants du Gers et habitants simplement heureux des autres départements français... »

Et pour quelle diable de raison les habitants du Gers devraient-ils être considérés comme particulièrement heureux et nous pas ? entends-je murmurer la clameur générale montant du huis clos des salles de bains. Eh bien, c'est en raison d'une découverte scientifique et plus précisément médicale dont se font l'écho les journaux étatsuniens.

En étudiant différentes populations mâles, des savants se sont aperçus que l'homme d'âge moyen souffre infiniment moins de maladies cardio-vasculaires dans le département du Gers. Dans le département du Gers ? se sont exclamés les savants ! Et pourquoi donc ? Serait-ce à cause de la suavité du climat de ses collines et de ses vallées ? Du paisible art de vivre des naturels de Lombez et de Condom ? Des herbes de Fleurance ? Des bonheurs de Lectoure ? De la douceur de Miélan et de Miradoux ? Des fragrances d'Eauze et de Cologne ? Des charmes de Plaisance ? Nullement. Tous ces bourgs ont leurs mérites propres, mais si l'homme d'âge moyen y souffre moins qu'ailleurs de maladies cardio-vasculaires, c'est en raison, d'après les savants, d'une caractéristique commune aux heureux habitants du Gers, et figurez-vous que cette caractéristique, c'est la graisse d'oie.

La graisse d'oie dont le Gersois se fait volontiers fondre un bol pour son petit déjeuner, la graisse d'oie qu'il étale sur ses tartines, la graisse d'oie qui accompagne la cuisson de ses rôts et assaisonne ses légumes, la graisse d'oie dont la mère glisse tendrement une cuillerée dans le biberon de son nouveau-né, la graisse d'oie, en plus de sa succulence, exercerait une mystérieuse action thérapeutique sur les coronaires. Quand je pense que l'on nous tympanise depuis quelques lustres avec la nécessité de manger du beurre sans beurre, de l'huile sans graisse, du lard délardéiné et de faire cuire nos côtes de bœuf à la vapeur, et voilà que l'on découvre que la grasse graisse de ce gros volatile qu'est l'oie peut nous éviter l'infarctus à nous les hommes, lorsque nous parvenons à l'âge moyen. Quel dommage que le prix Nobel de médecine ait déjà été attribué cette année ! Comment allons-nous montrer notre reconnaissance aux savants découvreurs des vertus de la graisse d'oie ? Déjà, en levant ce matin notre bol de graisse d'oie bien chaude à leur santé.

Cependant, un doute m'assaille. Et si l'heureux habitant mâle du Gers n'avait pas de crise cardiaque arrivé à l'âge moyen tout simplement parce qu'il est mort avant cet âge, emporté par une bonne vieille indigestion ?

Je vous souhaite le bonjour.

Nous vivons une époque moderne.

Heureux habitants de la Guyane et des autres départements français, un auditeur lorrain sachant auditer me fait parvenir les résultats de l'un de ces mille et un sondages qui se publient hebdomadairement. Ce sondage-là s'efforce de mesurer les connaissances littéraires et de repérer les pratiques de lecture de nos concitoyens. Comme d'habitude, on constate que les Français lisent peu, malgré ce que voudrait nous faire croire le tapage d'un week-end annuel organisé par le ministère de la Culture. Ils lisent peu et, dans certains cas, ils ne retiennent pas du tout.

Au fond, ce qui est le plus amusant dans ces sondages, ce n'est pas les questions dites « ouvertes », du genre : « Combien de temps consacrez-vous à la lecture ? », car, à ces questions-là, on sait bien que chacun ment un peu pour faire meilleure figure. Les réponses aux questions fermées, par contre, sont plus instructives. J'appelle questions « fermées » soit celles du genre : « Qui a écrit *Le Misanthrope* ? », ou encore les questions de l'espèce dite « à choix multiple », c'est-à-dire : « Descartes a-t-il écrit *Le Traité des passions*, *Pas d'orchidées pour Miss Blandish* ou *Être à l'aise en société* ? »

Les réponses à quelques-unes de ces questions dans le sondage qui nous intéresse sont d'une nature telle que, après nous avoir intéressé, ce sondage ne tarde pas à nous préoccuper. Croyez-le ou non, plus de 30 % des sondés pensent que *Les Fleurs du mal* est un ouvrage de botanique pratique. 8 % de nos compatriotes sont persuadés que Julien Lepers est le héros d'un roman de Stendhal. (Pour ceux qui passent plus de temps à lire Stendhal qu'à s'abrutir devant le poste, je précise que Julien Lepers présente un jeu culturel sur FR3. Je dis « culturel » parce que c'est écrit sur le programme, mais j'ai cessé de regarder depuis le jour où un concurrent s'est vu poser la question suivante : « De quelle invention très importante dans le domaine de la communication l'imprimerie a-t-elle permis la naissance ? » « Les journaux », répondit le candidat du tac au tac. « Vous avez… perdu, c'était *la presse* », rétorqua le prétendu stendhalien. Mais revenons à nos moutonsses, comme on dit dans *Topaze* de Marcel Amont, non, de Marcel Pagnol.)

J'ai plutôt aimé l'idée que 1 % de nos contemporains pensent que *Cyrano de Bergerac* a été écrit par Gérard Depardieu. Mais ce qui aura provoqué chez moi – et peut-être en sera-t-il ainsi chez vous – la plus délectable hilarité, c'est la constatation que 10 %, je dis bien 10 %, des sondés du quart nord-est de la France pensent que l'auteur de *La guerre de Troie n'aura pas lieu* n'est autre que le général Bigeard.

Tu vas voir si elle aura pas lieu, sale planqué !

Nous vivons une époque moderne.

Je vous souhaite le bonjour.

Heureux habitants du Tarn et des autres départements français, voilà donc que le massacre des Croates est presque terminé, au risque de faire douter de cette grande conquête juridique baptisée « droit d'ingérence » dont nous nous sommes si fort félicités à l'époque des Kurdes d'Irak. Apparemment, le code qui contient ce droit-là est un code à feuilles caduques, à moins que ce ne soit un droit qui ne puisse servir qu'une seule fois chaque année, ou chaque décennie, ou chaque siècle, allez savoir…

Cela dit, parfois il vaut mieux ne pas trop aller voir les suites de l'ingérence, parce qu'on risque de découvrir que, de suites, l'ingérence n'en a guère. Je m'explique : la dictature performante du regrettable Saddam Hussein a été fermement priée de quitter les champs de pétrole du Koweït, puis de ne pas allumer un autre foyer de troubles régionaux en persécutant assez les Kurdes pour les faire fuir vers la Turquie où l'on ne veut pas d'eux. A part cela, la dictature performante de Saddam Hussein peut bien faire ce qu'elle veut, pourvu que ce soit chez elle.

Naguère, je vous avais entretenu des enfants irakiens qui meurent en déminant le désert. Leurs familles seraient mal fondées à se plaindre : s'ils meurent entre 10 et 15 ans, cela prouve au moins qu'ils ont vécu jusqu'à cet âge-là. Cela devient de plus en plus improbable en Irak : depuis la fin de la guerre, la mortalité infantile a quadruplé. On estime à 1 sur 10 les enfants qui meurent en bas âge de malnutrition ou en raison de la pollution de l'eau ou du manque de médicaments.

Ceux qui survivent et qui ne vont pas sauter sur une mine s'abandonnent parfois à n'importe quel expédient pour gagner quelque argent. Plusieurs de ces expédients sont illégaux et celui qui est le plus couru est le vol de voiture. Les jeunes gens qui se laissent aller à s'approprier l'automobile d'autrui feraient bien de se dépêcher s'ils ne veulent pas rejoindre rapidement les jardins d'Allah. Le ministre irakien de la Justice vient en effet d'annoncer son intention de faire pendre les voleurs de voiture afin, je cite, d'« endiguer un phénomène qui a pris des proportions alarmantes ».

Mourir de faim, être déchiqueté par une bombe ou se balancer au bout d'une corde : je ne voudrais pas m'ingérer, mais la Communauté européenne pourrait peut-être faire quelque chose. Par exemple subventionner le jumelage de la Maison des jeunes de Dubrovnik avec le cimetière de Bagdad.

Nous vivons une époque moderne.

Je vous souhaite le bonjour.

Heureux habitants du Lot-et-Garonne et des autres départements français, ce n'est pas pour me vanter, mais on peut légitimement se demander si cette chronique matutinale ne devrait pas être subventionnée par le ministère de la Santé si ledit ministère n'était pas tant occupé à expliquer aux infirmières qu'elles devraient renoncer à manifester parce que c'est mauvais pour leur tension artérielle.

Il n'est en effet guère de semaine que je ne vous tienne au courant d'un nouveau médicament miracle qui fait repousser les cheveux et soigne les ongles incarnés ou d'une nouvelle thérapeutique de nature à vous régénérer l'intérieur et l'extérieur, à vous aplatir le ventre, à vous raffermir la fesse, à vous friser l'œil et à vous affûter le cervelet. En voici un nouveau et qui n'est pas le moins intéressant car, en plus de vous guérir de maux non négligeables, il vous donne l'heure.

Mon médicament se présente en effet comme une montre-bracelet apparemment banale avec un mécanisme d'horlogerie, deux aiguilles et une trotteuse. Au dos de cette montre-bracelet on a disposé une couche de terre. Pas n'importe quelle terre. De la terre rare. En latin : *terra rara*. Je dis « en latin » parce que de tout temps le latin a permis aux médecins approximatifs de déguiser leur approximation et que le marchand de montres miracles n'a rien de plus précis à dire sur la terre qu'il utilise que : « C'est une terre rare. »

Et quelles sont les propriétés de cette terre rare, ô chroniqueur levé avant l'aurore et même avant *Le Figaro* ? Eh bien, cette terre, je cite, « produit des lignes de force magnétique qui stimulent les vaisseaux principaux et collatéraux du poignet », fin de citation.

Et à quoi sert d'avoir les vaisseaux du poignet stimulés, les principaux comme les collatéraux ?

Figurez-vous que cela soigne l'hypertension, mais aussi l'hépatite, le manque d'appétit, les troubles de l'estomac et les problèmes de sinus. Ça vous paraît bizarre ? Sans doute serez-vous ébranlés lorsque je vous aurai dit qu'il s'agit d'une terre chinoise appliquée au dos d'une montre chinoise.

Ah, les mystères de l'Orient ! Ah, le pouvoir de suggestion de la Chine et de ce qui provient d'elle ! Quand j'avais dans les 20 ans, il existait également un médicament chinois miracle contre les injustices. Il s'appelait *Le Petit Livre rouge*. C'était un médicament radical. Demandez à ceux qui restent des habitants du Cambodge qui ont dû accueillir ces jours-ci un représentant de Pol Pot.

Je vous souhaite le bonjour.

Nous vivons une époque moderne.

Heureux habitants des Alpes-de-Haute-Provence et des autres départements français, ce n'est pas pour me vanter, mais, pendant le week-end, j'ai lu un livre. Un livre de mémoires, intitulé avec gourmandise *Je recommencerais bien* et signé Jean Ferniot, qui fut longtemps journaliste et gastronome et qui décida un beau jour que gastronome était une occupation suffisante.

Comme il n'est pas fréquent que des mémoires soient aussi peu vaniteuses, celles-là valent d'être signalées. Sans doute, me direz-vous, mais nous n'allons pas nous procurer un livre seulement parce que son auteur n'est pas bouffi d'orgueil. J'en conviens et, pour parfaire ma réclame, je me dois d'ajouter que le livre de Jean Ferniot s'ouvre avec le récit d'une enfance d'après la Première Guerre en forme de douche écossaise. Le froid dans le dos alterne avec le chaud au cœur. L'évocation de la pauvreté et d'un monde rétréci par elle croise la description d'une joie de vivre et d'un goût de profiter du bon côté de tout qui compose une sacrée dialectique.

Lorsque Jean Ferniot décrit la vie parlementaire qu'il a observée pendant des années et des années, il tombe plusieurs fois à pic. Une fois, par exemple, parce que ce qu'il décrit donne à réfléchir sur la précipitation antiparlementaire de trop de nos contemporains et une autre fois parce que ses considérations paraissent en plein commencement de débat constitutionnel sur l'équilibre des pouvoirs. Évidemment, Ferniot n'est pas un institutionnaliste, mais un observateur prompt à saisir tout ce qu'il y a d'humain et donc de drôle dans le fonctionnement des institutions. La lecture de *Je recommencerais bien* est donc une médication contre la morosité. J'ai aimé apprendre que, pendant la crémation au Père-Lachaise du vieux socialiste Osmin, un orateur salua le défunt d'un : « Ah, Osmin, tu étais un dur à cuire ! » J'ai médité sur le mot de Pierre-Henri Teitgen : « Homme public n'est pas le masculin de femme publique. » Et je ris encore à la mésaventure d'Hippolyte Ducos, maire radical de Saint-Gaudens, qui se voit interrompu sous un préau d'école par un disciple de Bacchus qui lui lance : « Tais-toi, vieux con, tu n'es pas républicain. » Hippolyte Ducos tente d'argumenter, mais son interlocuteur impitoyable ne cesse de lui assener : « Tais-toi, vieux con, tu n'es pas républicain. » Tant et si bien que Ducos, excédé, lui lance : « Selon vous, que faut-il faire pour être républicain ? Et l'amateur de boissons fortes de répliquer du tac au tac : « Il faut s'être fait enterrer civilement. »

Je vous souhaite le bonjour.

Nous vivons une époque moderne.

Heureux habitants de l'Yonne et des autres départements français, ce n'est pas pour me vanter, mais il me semble qu'il y a lurette que je ne vous ai point donné un compte précis des idioties qui se commettent en ce bas monde et dont les rédacteurs du *Livre Guinness des records* s'emploient à dresser un recensement détaillé.

Sachez donc qu'à Bangkok on a ouvert le plus grand restaurant du monde. Sa construction a coûté environ 50 millions de francs, il emploie 900 personnes et utilise des ordinateurs pour gérer les commandes de ses clients. Lesquels clients peuvent être au nombre de 4 000 répartis sur les 3 hectares de superficie du restaurant. Cela pulvérise le précédent record de promiscuité gastronomique puisque le titulaire du record du plus grand restaurant du monde, également situé à Bangkok, ne pouvait accueillir que 3 000 cornichons avides de manger dans le même bocal.

Dans le genre record, il semble que celui du plus grand soit toujours très prisé. M. Parimal Chandra Barman, originaire du Bangladesh mais vivant à Londres, est ainsi célébré par le *Livre Guinness* des sottises parce qu'il mesure 2,51 mètres. En fait, il mesurait 2,51 mètres. Entre l'enregistrement de son record et la publication dudit, il a pris 8 centimètres et il est hospitalisé à St. Bartholomew où les médecins tentent de stopper sa croissance avant qu'il lui faille pour se faire tailler un caleçon autant d'étoffe qu'à Demis Roussos pour se faire un paréo.

Dans un genre différent, j'ai le plaisir de vous annoncer que Mme Linda Essex Chandler, citoyenne d'Anderson dans l'Indiana, vient de conforter sa position de recordwoman des mariages et donc des divorces en annonçant son intention de se séparer de son 22e mari, ce qui ne laisse que peu d'espoir à Mlle Martin de lui ravir son titre.

Enfin, pour vous prouver que l'homme, même cliniquement crétin, se distingue encore de l'animal, laissez-moi vous annoncer qu'un cascadeur à moto a eu l'idée de corser son numéro, jugé comme l'un des plus périlleux dans son genre. Il l'a réalisé avec un passager derrière lui. Le passager était son fils, âgé de 8 ans. Comme, malheureusement, le numéro a réussi, peut-on suggérer à cet imbécile d'effectuer son prochain saut seul et sans casque ? Et même en lâchant le guidon ?

Je vous souhaite le bonjour.

Nous vivons une époque moderne.

Heureux habitants des Yvelines et des autres départements français, c'est tout à l'heure que l'on conduira Yves Montand au cimetière du Père-Lachaise et, plutôt que d'ajouter une voix à toutes celles qui l'ont salué, j'ai pensé, pour dire adieu à ce prolo italo-marseillais devenu le passeur de tant de nos rêves, à un poème de Raymond Queneau qui s'appelle « Saint-Ouen's blues » et qui dit :

>Un arbre sur une branche
>Un oiseau, criant dimanche
>L'herbe rare, par ici.
>
>Des godasses pas étanches
>Très peu d'atouts dans la manche
>Une sauce à l'oignon frit.
>
>Un phono sur une planche
>Un accordéon qui flanche
>Des chats, des rats, des souris.
>
>Un vélo, coupé en tranches
>Un coup dur qui se déclenche
>Des voyous, des malappris.
>
>Un vague vive la Franche
>Par un Auvergnat d'Avranches
>Les Kabyles, les Sidis.

La putain qui se déhanche
Un passant séduit se penche
C'est cent sous pour le chéri.

Des cheveux en avalanche
Des yeux non, c'est des pervenches
Belles filles de Paris.

Ma tristesse qui s'épanche
La fleur bleue ou bien la blanche
Et mon cœur, qu'en a tant pris.

Et mon cœur, qu'en a tant pris
A Saint-Ouen comme à Paris.

Salut, Montand ! Bonjour à Mme Signoret.

Heureux habitants de l'Helvétie francophone et des départements français, ce n'est pas pour me vanter, mais c'est un étrange métier que celui de lire les journaux dans l'espoir d'y dénicher la matière d'une homélie matutinale. L'œil flotte d'une publication à une autre, les feuilles mortes se ramassent à la pelle, disais-je hier encore à Mlle Martin, tu vois je n'ai encore rien trouvé (car, hors antenne, je peux bien vous confier que nous ne nous voussoyons guère, nous ne nous voussoyons point). A peine avais-je proféré ces paroles de désenchantement que mon œil flottant jeta l'ancre sur une nouvelle digne d'être répandue : le ministère chinois de la Justice a décidé d'unir ses efforts à ceux d'une chaîne hôtelière de Hongkong et d'une agence de voyages de Pékin. Diable, me dis-je en mon for intérieur, serait-ce pour héberger les victimes de la répression, nombreuses en Chine, dans des conditions de plus grande décence ? Pas du tout, humaniste bêlant, me répondit le journal, c'est pour, je cite, « organiser des visites particulières pour voir des prisons chinoises et pour rencontrer des détenus chinois », fin de citation. Ô progrès, m'exclamai-je alors, quand donc borneras-tu ta marche ? Et j'ajoutai : Ô tourisme, qui saura dompter ton génie créateur, toi qui peux indifféremment envoyer l'homme et sa compagne photographier des grands singes en Afrique et des petits prisonniers jaunes dans l'empire du Milieu ?

Et c'est alors que je me souvins d'une autre nouvelle

que je venais de parcourir dans un autre journal. Tandis que la Chine ouvrait ses prisons aux touristes, l'Afrique du Sud décidait d'ouvrir ses librairies à Karl Marx. Depuis désormais, comme on dit dans les grandes émissions de débat à la télévision, depuis désormais les Sud-Africains peuvent acheter librement *Le Capital* et même le lire, s'ils y tiennent absolument. Y tiennent-ils absolument ? Je ne suis pas loin de penser que la lecture du *Capital* n'a de charme que tant qu'elle est défendue. Personnellement, je l'ai lu en cachette quand j'étais pensionnaire chez les bons pères. Pour être franc, je n'ai pas réussi à tout lire mais je suis sûr qu'au jour du Jugement dernier chaque page que j'ai ingurgitée me sera comptée comme valant une année de purgatoire en moins. Bon, cessons les confidences personnelles et revenons au propos central de notre homélie.

Quand on apprend que la Chine communiste a inventé un nouveau gadget touristique et que l'Afrique du Sud capitaliste a autorisé la lecture de Marx, quelle est la phrase qui vient spontanément aux lèvres du chroniqueur matutinal et de ses auditeurs les mieux réveillés ?

Nous vivons une époque moderne.

Je vous souhaite le bonjour.

Heureux habitants de la Moselle et des autres départements français, M. Edward Roberts, sujet de Sa Gracieuse Majesté britannique, est aujourd'hui âgé de 73 ans. Il y a cinquante-deux ans, c'était un jeune marin de la britannique marchande marine. En juillet 1940, son bateau fut arraisonné par la Kriegsmarine du regrettable Adolf Hitler. Edward Roberts passa alors cinq mois dans un navire-prison allemand, à fond de cale. Puis il fut conduit à Bordeaux et, de là, transféré au camp de Drancy, car ce n'est pas pour nous vanter mais nous aussi, en France, nous avons eu quelques camps.

De Drancy, Edward Roberts fut envoyé dans diverses villégiatures concentrationnaires pour finalement aboutir en Allemagne, au camp de Saudbostel où la ration alimentaire d'un pain devait être partagée en six. A Saudbostel, Edward Roberts fut astreint au travail forcé en compagnie de codétenus russes et polonais. Quand on se souvient qu'Hitler parlait des Russes et des Polonais comme d'*Untermenschen*, c'est-à-dire « sous-hommes », on n'est guère surpris d'apprendre que le taux de mortalité à Saudbostel était assez élevé. Cependant Edward Roberts survécut, fut libéré et rejoignit la Grande-Bretagne sa *motherland*.

Là, après avoir repris quelques forces, il adressa au gouvernement de Sa Gracieuse une demande de pension au titre de déporté. Tous les gouvernements du monde sont caractérisés par leur sage lenteur. Celui de Sa Gracieuse ne fait point exception, aussi Edward Roberts reçut-il une réponse en 1964. Cette réponse était négative : « Il n'était pas illégal d'emprisonner des hommes mobilisés même s'ils n'avaient pas encore rejoint leur unité. » Edward Roberts ne s'est pas satisfait de cette réponse. Il a récrit au re-gouvernement de Sa Gracieuse qu'il ne se considérait pas comme un prisonnier mais comme un déporté. Le re-gouvernement lui a répondu avec sa re-sage lenteur, ce mois-ci, soit après dix-huit ans. Finalement M. Edward Roberts n'a pas été déporté car l'un des camps où il a séjourné, celui de Drancy, le nôtre, n'est pas considéré par l'administration britannique comme un camp de concentration mais comme un centre de tri. Merci à l'administration britannique de nous laver de nos péchés.

Cela dit, M. Edward Roberts n'est toujours pas content. Les gouvernements allemands et autrichiens ont classé Drancy « camp de concentration », vient-il d'écrire, preuves à l'appui, à son administration. Ladite britannique administration prendra-t-elle en compte cet argument ? La réponse dans dix-huit ans sans doute. Si je ne suis plus là pour vous la donner, je penserai à laisser un mot à celui qui, après moi, sera chargé de vous souhaiter le bonjour et de proclamer que nous vivons une époque moderne !

Heureux habitants de la Creuse et des autres départements français, vous l'ai-je suffisamment répété : on ne lit jamais assez le *Journal officiel*. Puis-je ajouter qu'il serait impardonnable de ne pas consulter le numéro récent où les ministres du Tourisme et de l'Éducation nationale unissent leurs signatures pour publier la liste des expressions et termes relatifs à l'activité touristique qui devront obligatoirement être utilisés dans les documents officiels à partir de désormais ?

Oncques ne lirons ni n'entendrons les mots *motor home*, *mobil home* ou *jumbo jet*, remplacés qu'ils seront par « autocaravane », « résidence mobile » ou « gros porteur ». Il n'est pas jusqu'au mot anglais *cafeteria* qui ne sera remplacé. Et remplacé par quoi ? Par le mot français « cafétéria ». Avec deux accents aigus en marques d'élégance ignorées de la langue commune aux Anglo-Saxons. Et *charter*, sera-t-il encore permis ? Nenni, mes damoiseaux et zelles. Plus de *charter*, des « vols nolisés », du latin *naulum*, qui signifie « frêt ». Et pas davantage de *caravaning* : il faudra dire « tourisme en caravane » ; plus de *package*, mais « voyage à forfait » ; plus de *fast-foods*, mais des « restovites ». Et je ne dis rien de « voyage de stimulation » (pour *incentive*), « organisateur de voyages » pour *tour operator*... Car les ministres ne se contentent pas de proposer aux professionnels français du tourisme des expressions certes deux fois plus longues et donc sans doute inutilisables, mais au moins françaises... Non, les deux ministres innovent. Ils avaient l'expression « zonage touristique » qu'ils définissent ainsi : « répartition rationnelle dans l'espace d'une station ou d'une région des divers modes d'hébergement ou d'activités liées au tourisme ». Ils inventent le mot « forfaitiste », le mot « saisonnalité », le mot « caravanage », j'en passe et des mieux sonnants. Ah, il faut quand même – que voulez-vous, on ne change pas sa nature si facilement – que j'adresse aux deux excellences une légère critique ! Et le mot « tourisme » ? Pourquoi n'ont-ils pas pensé à le changer ? Après tout, c'est du pur anglais. Puis-je proposer « tourismage » ? Non. Plutôt « tourismisme » ? Non plus. C'est un peu lourd. Que diriez-vous de « tourismalité » ?

Je vous souhaite le bonjour.

Nous vivons une époque moderne.

Heureux habitants des Pyrénées-Orientales et des autres départements français, ce n'est pas pour me vanter mais *fugit irreparabile tempus* : « Le temps s'en va, le temps s'en va, madame. Las, le temps, non, mais nous nous en allons. » Je n'en veux prendre pour preuve que les lycées de mon enfance et leurs internats. C'est en vain qu'aujourd'hui on en chercherait l'équivalent. C'est d'ailleurs normal et les psychologues vous l'expliquent : les adolescents ont beaucoup mûri. C'est pourquoi un lycée des Pyrénées-Orientales dont je salue les heureux habitants a dû ajouter au règlement de son internat une annexe qui tienne compte de ce mûrissement des adolescents. « Sera exclu définitivement, proclame cette annexe, l'élève ramené ivre (au lycée ou à l'hôpital) par la police. Sera exclu d'un mois la première fois, et définitivement en cas de récidive, l'élève rentrant ivre au lycée. Sera exclu définitivement tout élève détenant ou utilisant de la drogue. Sera exclu définitivement tout élève ayant dégradé les installations électriques, les systèmes d'alarme ou les systèmes de lutte contre l'incendie. » On voit là que le poète avait quelque raison d'écrire qu'« on n'est pas sérieux quand on a 17 ans ». On n'est pas sérieux mais, comme on est de mieux en mieux nourri, on a de l'énergie à revendre.

C'est pourquoi sera exclu définitivement l'élève s'étant rendu coupable d'une bagarre ayant entraîné des blessures ou des brimades, ou des coups pendant la nuit.

Sera traité avec la même sévérité l'élève détenant des armes et notamment un ou des couteaux, des chaînes, un coup-de-poing américain, une ou des bombes incapacitantes, etc. (Je me demande si dans cet « etc. » sont comprises les forteresses volantes, les nunchakus, les cannes-épées, les poignards malais, les fusils à balles doum-doum, les bombes à neutrons, les cordes à piano, les revolvers à barillet, les fioles de cyanure, les lance-flammes, les arcs, les javelots et les œuvres complètes de M. Sulitzer qui, comme on le sait, produisent aujourd'hui le même effet que jadis la massue.) En tout cas, on peut difficilement évoquer désormais la vie morne des pensionnaires, d'autant plus que, j'allais l'oublier, l'extorsion de fonds, le vol, le recel et le rackett sont passibles de l'exclusion définitive. Enfin, l'essentiel reste quand même que ces lycéens pensionnaires apprennent à écrire « rackett » avec deux *t*.

Comment s'appelait déjà l'ouvrage des Double-Patte et Patachon de la sociologie scolaire ? Ah oui : *Le niveau monte*...

Je vous souhaite le bonjour.

Nous vivons une époque moderne.

Heureux habitants de la Charente et des autres départements français, je ne voudrais pas être indiscret, mais avez-vous lu la circulaire D.E. du 26 août 1992 et principalement son article II-B ? Non... Permettez-moi de m'étonner. Vous auriez dû. Pour une fois qu'une circulaire contient une bonne nouvelle et même plusieurs. De quoi s'agit-il ? D'une exonération. Une exonération du tiers des charges patronales de sécurité sociale pendant trente-six mois pour tout contrat de travail à temps partiel. On voit par là que la proximité des élections législatives donne des ailes ou en tout cas du zèle à ceux qui sont chargés de lutter contre le chômage.

Tant de zèle même que les auteurs de cette mesure destinée à favoriser le fameux « partage du travail » sont allés jusqu'à prévoir que l'exonération sus-mentionnée pouvait, dans certains cas, être interrompue temporairement – congelée, en quelque sorte – pendant une suspension du contrat de travail, puis réutilisée dès la reprise dudit contrat jusqu'à concurrence des trente-six mois. Cependant, si l'État est bon enfant, c'est jusqu'à un certain point au-delà duquel il serait une poire. La circulaire dresse donc une liste limitative des cas où l'arrêt de travail donne droit à la congélation de l'exonération. Figurent dans cette liste le cas de la maladie professionnelle et de l'accident de travail, le congé maladie, le congé maternité, le départ du salarié au service national et enfin – et, comme vous allez l'entendre, *last but not least* – le décès du salarié.

Reconnaissons que la perspective est réjouissante de pouvoir, après être dûment mort, revenir sur terre se présenter à son ancien employeur et lui déclarer : « Patron, j'ai pensé que ce n'était pas chic de ma part d'avoir avalé mon extrait de naissance avant la fin de vos trente-six mois d'exonération des charges, alors j'ai demandé un congé sans solde à saint Pierre et me voici me voilà, prêt à me retrousser les manches. »

On voit par là que la sollicitude du législateur qui ne nous suivait jusqu'à présent que jusqu'à la tombe vient de réaliser un surprenant progrès.

Mais il est vrai que nous vivons une époque moderne.
Je vous souhaite le bonjour.

Heureux habitants de la Corse-du-Sud et des autres départements français, ce n'est pas pour me vanter, mais il me semble, à en juger par vos lettres, qu'il est un sujet de chronique matutinale qui égaie particulièrement le huis clos de vos salles de bains : il s'agit des traductions aberrantes dans notre langue de modes d'emploi, de prospectus publicitaires, de circulaires et de tout un tas d'échantillons de littérature alimentaire. Quand je dis « traductions dans notre langue », je devrais plutôt préciser « traductions vers notre langue », car, dans leur précipitation et leur souci d'économie, les expéditeurs et les responsables de ces textes semblent – bien que cela soit interdit par les lois internationales – faire travailler des enfants de moins de 14 ans dans des caves mal éclairées et sans le moindre dictionnaire…

Le résultat donne des textes dans une langue qui ressemble à la démarche d'un homme ivre. Nous en suivons les titubations le sourire aux lèvres et en savourant d'avance le moment de la chute, comme dans ce mode d'emploi d'une pompe à pression italienne destinée à arroser les plantes et qui précise qu'il convient d'« avancer avec le déchargement de l'air comprimée (ée) avec pulvérisateur renversé et ne pas insistre avec l'actionnement ». Prudent, le fabricant ajoute que « les utilisations non correctes et les effractions déclinent le producteur de toute responsabilité ».

Dans un genre qui soutient la comparaison, j'ai reçu

récemment une lettre venant d'Allemagne et affirmant que, je cite, « à peu de temps en Europe tombent les frontières. Dès ce moment, l'Allemagne ce sera un débouché sans entraves aux échanges aussi pour vous. Sont les foires un moteur d'importance pour de contacter demeurer. A présent entreprise international de renommé sont déjà en route exprès avec des expositions spécialisés. Est-ce que aussi vous avez l'intention pour présenter votre production ! La grande place d'exposition d'Allemagne à vous attendez ; nous avons d'expérience et de succès à l'organisation de la foire ». Puis vient la formule de politesse : « Nous vous remercions d'avance de votre intérêt et nous vous prions d'agréer nos salutations distinguées. »

Les voilà bien, les Allemands : ils peuvent tituber de barbarisme en barbarisme mais, lorsqu'il s'agit de mettre les formes, ils retrouvent leur vieux et fameux réflexe : la correction.

Je vous souhaite le bonjour.

Nous vivons une époque moderne.

Heureux habitants du Pas-de-Calais et des autres départements français, il est courant d'entendre des déplorations parfois furibondes quant à l'état de notre système d'enseignement et des progrès à reculons – comme disait le mien instituteur – qu'y font les étudiants, d'une génération à l'autre…

Nos voisins britanniques, quant à eux, viennent de publier une recherche conduite par le professeur Bernard Lamb sur dix-neuf universités de Sa Gracieuse. La moitié des départements de ces universités ont exprimé le vœu de pouvoir organiser pour leurs étudiants des cours de rattrapage d'anglais. Entre un cinquième et un tiers des étudiants sont en effet qualifiés par leurs professeurs de *poor users of english*, c'est-à-dire de fichus ignorants des règles de leur langue. 43 % des universités étudiées par le professeur Lamb ont déjà été amenées à restaurer avec les moyens du bord des séances de tutorat destinées à remettre leurs étudiants à flot dans leur langue maternelle. Bonté gracieuse, si les Britanniques ne parviennent pas à se débrouiller dans leur idiome, il est curieux – n'est-il pas ? – que l'on s'étonne que les Français soient si peu habiles à s'imprégner des finesses de la langue, ne disons pas de Shakespeare, qui est un ardu auteur s'exprimant dans une surannée forme, disons plutôt dans la langue de Boy George, lequel a moins de vocabulaire à sa disposition que de teintes de maquillage dans sa salle de bains.

Cela dit, le britannique secrétaire d'État à l'Éducation a pris connaissance du rapport du professeur Lamb, cela lui a fait bouillir le sang. (C'est d'ailleurs un trait bien anglais que de faire bouillir tout ce qui passe à leur portée.) Adoncques, le secrétaire d'État à l'Éducation, ayant mesuré l'ampleur du désastre, a pris une décision que je qualifierai de drastique (en anglais : *drastic*) : il a interdit aux universités d'organiser des cours de rattrapage d'anglais et leur a enjoint de refuser d'admettre comme étudiants des candidats qui ne maîtriseraient ni l'orthographe ni la syntaxe de leur langue. On voit par là que l'abolition des châtiments corporels dans l'enseignement a sans doute été une mesure hâtive.

Je vous souhaite le bonjour.

Nous vivons une époque moderne.

Heureux habitants de la Meurthe-et-Moselle et des autres départements français, je ne voudrais pas avoir l'air d'accabler les Italiens, mais quelque chose ne tourne pas rond dans leur magnifique pays. Peut-être vous souvenez-vous que l'une des concurrentes au titre enviable de Miss Italia fut récemment éliminée au motif qu'elle avait été un homme pendant les dix-neuf premières années de sa vie qui n'en comptait que vingt. Passons sur le caractère spécieux et discriminatoire de cette raison de dernière minute, car voilà qu'une autre prétendante au titre vient d'être disqualifiée à son tour.

Si j'en juge par la photo que publie *La Repubblica*, Sylvia Lubamba, de mère florentine et de père zaïrois, ne manquait pas d'atouts pour remporter la compétition. Certes, elle était très noire, mais je ne peux pas croire un seul instant que les organisateurs du concours « Miss Italia » se refusent à couronner une Italienne de couleur alors même que le Cantique des cantiques *(nigra sum, sed formosa)* les autorise et même les encourage à déposer sur les magnifiques cheveux décrêpés de Sylvia la couronne du triomphe. Y aurait-il alors une querelle sur la nationalité de l'impétrante ? Nullement. Son passeport italien n'est contesté par personne et la raison de son élimination doit être cherchée ailleurs. Elle a posé nue pour un magazine baptisé *Eva Express* – ce qui suffit à déduire que cette publication n'est pas l'organe de l'Institut italien de physique nucléaire. *Eva Express* avait élu

Sylvia Miss Sourire et donc – quoique ce « donc » soit peut-être un peu rapide – avait publié d'elle quatre pages de photos avec pour tout vêtement son sourire. Voilà ce qui fait obstacle à la canditure de Sylvia.

Il convient de faire observer fermement à nos amis italiens qu'ils n'ont guère de suite dans les idées. D'un côté, ils disqualifient une jeune fille parce qu'elle a été un homme et, de l'autre, ils éliminent une candidate qui a fait photographier la preuve du fait qu'elle ne l'a jamais été. Sensibles, peut-être au sentiment de leur injustice, les organisateurs de « Miss Italia » ont déclaré que Sylvia serait admise à assister à la superfinale, mais hors compétition. Et à condition qu'elle soit accompagnée de sa mère. C'est-à-dire de la partie blanche du couple de ses parents.

Je vous souhaite le bonjour.

Nous vivons une époque moderne.

Heureux habitants de l'Eure et des autres départements français, je ne voudrais pas avoir l'air de me comporter comme un zélote du gouvernement ni comme un sicaire de l'ordre établi ni moins encore comme un suppôt des princes qui nous gouvernent, mais je dois voler au secours du garde des Sceaux à qui l'on cherche ces jours-ci des poux dans la tête, auguste, qui est la sienne. Et sous quel prétexte ? Sous le prétexte incroyable qu'il songe à déclarer ouverte la chasse à l'hélicoptère, et d'ailleurs uniquement dans le voisinage des établissements pénitentiaires.

Je ne vois à ce nouveau sport que des avantages. Je ne parle même pas des avantages pour les pilotes d'hélicoptère. Depuis quelques mois, à force d'être pris en otages par des organisateurs de cavale, leur existence sombrait dans une routinière monotonie. Désormais, avec un pistolet sur la tempe et des tireurs au sol, la vie du pilote d'hélicoptère pourrait devenir aussi excitante que celle des soldats que peignait le film de Cimino *The Deer Hunter* et auxquels leurs geôliers donnaient le goût de la roulette russe pour les distraire de leur captivité. Mais ne nous arrêtons pas aux intérêts catégoriels de quelques privilégiés. Examinons les bénéfices de la chasse à l'hélicoptère pour l'ensemble des citoyens. Considérons qu'un hélicoptère est un véhicule rempli de pétrole. Remémorons-nous ce qui se passe lorsqu'un véhicule rempli de pétrole s'écrase sur le sol à la suite d'un tir au but d'un chasseur d'hélicoptère. Nous l'avons vu au cinéma : non seulement l'hélicoptère s'écrase au sol, mais encore il explose et se désintègre dans une magnifique boule de feu. Avec un peu de chance, le feu se propage aux bâtiments environnants. Avec beaucoup de chance, ces bâtiments sont des bâtiments civils. Avec infiniment de chance, ces bâtiments civils sont habités. Quelle aubaine pour le badaud, le photographe et le cameraman des actualités télévisées. Nous pouvons avoir notre Amsterdam à nous ! C'est décidé, je vais m'acheter un pliant et je me poste aux environs de la Santé. Peut-être même prendrai-je mon fusil : il n'y a pas de raison que les bons citoyens ne prêtent pas main forte aux responsables de l'ordre !

On dit que le socialisme est finissant. En tout cas, il finit en beauté. Il avait commencé en supprimant la peine de mort, spectacle pourtant édifiant. Il s'achève en se proposant d'établir l'assassinat sans procès pour évasion et même pour participation involontaire à une évasion.

J'espère que M. Poniatowski, reconnaissant sa postérité, va de ce pas aller prendre sa carte du PS et embrasser M. Vauzelle devant les caméras de télévision.

Je vous souhaite le bonjour.

Nous vivons une époque moderne.

Heureux habitants du Loiret et des autres départements français, « imaginez-vous prenant la parole devant un groupe. On vous écoute. Vous sentez la force du courant qui passe entre vous et votre auditoire. Un mot, et les applaudissements crépitent. Certains auditeurs se lèvent pour vous applaudir debout ».

Telle est l'« accroche », comme on dit en jargon, de la lettre que m'envoie (ainsi qu'à une flopée de destinataires) la gérante du Club des communicateurs efficaces, Mme Lavigne, qui me fait l'honneur de me proposer, moyennant 395 francs, de devenir membre de son association d'élite. Vous pensez que le chroniqueur matutinal saute de joie à l'idée qu'il pourrait sentir le courant qui passe entre vous et lui et que même, peut-être, quelques-uns d'entre vous vont lui faire, à l'issue de sa causerie, une ovation debout dans le huis clos de leur salle de bains ou – ce qui est encore plus méritoire – dans l'habitacle de leur automobile.

Et comment atteindrai-je à cette suprême satisfaction ? En lisant chaque mois la feuille que Mme Lavigne publie et qui répond à toutes les questions fondamentales.

En voici un échantillon : « Comment avoir une position de force ? » (Sous-entendu : et empêcher Mlle Martin de me couper la parole.) « Vous tombez sur un répondeur : que faire ? » (Si c'est le mien, laissez un message.) « Comment avoir des idées ? » (Sous-entendu : à part en les piquant aux autres.) « Comprenez-vous le langage du corps ? » (Moi non. J'ai toujours tendance à demander de répéter.) « Que faire si vos auditeurs s'endorment ? » (Leur faire payer une amende ? Les battre ?) « Comment vous habiller pour communiquer ? » (Mettre un kilt ? Se couvrir de peintures de guerre ?) « Que faire après une réunion ? » (Prier Dieu que ce soit la dernière ?) Et même : « Que faire avec vos mains ? » (Sous-entendu : à part ce que vous sous-entendez.)

Non seulement les Communicateurs efficaces répondent mensuellement à une foultitude de questions de cette importance, mais encore ils offrent d'alléchants dossiers dont voici quelques thèmes : « Cinq méthodes pour influencer les autres. » (Le revolver, le chantage, la corruption, l'intimidation, le kidnapping.) « Gagnez du temps sur votre courrier : le principe zéro réponse. » (Ça me paraît contradictoire avec un autre dossier baptisé « Les bonnes manières reviennent à la mode ».) « Dites-le avec votre corps. » (Je ne demande pas mieux. C'est Mlle Martin qui est réticente.) « Être un bon chef. » (Surtout moi qui n'ai que moi-même à qui donner des ordres.) Et même : « L'art de raconter des histoires drôles. » Voilà un dossier grâce auquel nous allons pouvoir vérifier immédiatement l'efficacité des Communicateurs efficaces. Normalement, si leur littérature dont je viens de vous donner quelques extraits vous a fait sourire, je devrais sentir le courant qui passe entre vous et moi et le bruit de vos ovations debout devrait parvenir jusqu'à cette Mecque de la communication qu'est la Maison de la radio. Il me semble que je les entends déjà...

Nous vivons une époque moderne.

Je vous souhaite le bonjour.

Heureux habitants de la Mayenne et des autres départements français, j'espère que vous accepterez que ma causerie matutinale soit aujourd'hui essentiellement adressée à la partie mâle et pubère de la population, et plus particulièrement à ceux d'entre eux qui se trouvent dans la position d'un Roméo qui n'aurait pas encore réussi à convaincre Juliette de le laisser grimper au balcon, et tout ce qui s'ensuit.

D'abord, un mot pour les rassurer. Nous avons tous été dans cette position désagréable, et aujourd'hui, quand nous regardons en arrière, nous ne la trouvons pas « si pire », comme disent les Québécois. Nous lui trouvons même du charme et elle nous attendrit. « Je me fous de tes gâtifications sur tes amours adolescentes, entends-je le Roméo frustré s'exclamer avec impatience, lâche-moi la grappe, chroniqueur matutinal, ou donne-moi un conseil utile, car je veux qu'elle me laisse grimper au balcon, et tout ce qui s'ensuit. »

Impatiente jeunesse, je te reconnais bien là. Ne bouge pas, je vais voir dans mes dossiers si je n'ai rien pour te sortir d'embarras afin de t'aider à grimper au balcon et à connaître tout ce qui s'ensuit.

Justement, un auditeur sachant auditer m'a envoyé une feuille mensuelle et gratuite qui paraît à Bédarieux (Hérault) et s'intitule *L'Écho des hauts cantons*. On y propose à la vente des motobineuses, des machines à sulfater, des cumulus électriques et des pressoirs, et même seize mètres de balcons. « Et à quoi cela me servira-t-il pour escalader celui de Juliette et goûter avec elle aux félicités de tout ce qui s'ensuit ? » gémit Roméo.

A rien, mais *L'Écho des hauts cantons* publie également une réclame qui dit : « Voulez-vous impressionner votre petite amie ? » « Je ne veux que ça, poursuis ta lecture. » Eh bien, si tu ne veux que ça, pour impressionner ta petite amie, *L'Écho des hauts cantons* te propose un cascadeur qui, je cite, « se fera casser la gueule en beauté devant elle et par vous ».

« Devant elle et par moi ! Un cascadeur ? C'est ce qu'il me faut. Comment louer un tel mercenaire ? » En écrivant au mensuel sus-nommé et en précisant : « annonce n° 775 ». Cependant réfléchis-y à deux fois. « Pourquoi ? Tu penses qu'il y a un risque de prendre un mauvais coup ? » Nullement. Il me semble simplement que les femmes ont tendance, souvent, à plaindre les vaincus plutôt qu'à admirer les vainqueurs, et que ton cascadeur tarifé pourrait bien ajouter à son répertoire la fameuse cascade dite « du balcon de Juliette et de tout ce qui s'ensuit ».

Je vous souhaite le bonjour.

Nous vivons une époque moderne.

Heureux habitants du Cher et des autres départements français, vous avez remarqué, j'en suis sûr, la réserve que j'ai observée pendant tout le débat pré-référendaire. Tel est le devoir du chroniqueur matutinal : garder ses opinions pour lui, au cas où il en aurait. Je brûlais pourtant de vous communiquer ma flamme européenne, flamme entretenue par la lecture opiniâtre du *Journal officiel des Communautés européennes*. Ainsi dans le numéro C. 102/21 de cette publication d'une grande sobriété ai-je pu lire une question écrite posée à la Commission des Communautés par M. Peter Crampton, député européen, membre du groupe socialiste. A propos, je cite, « des différents systèmes d'élevage du porc et du bien-être des truies maintenues dans différentes conditions de confinement », le parlementaire demande à la Commission si elle entend – je recite – « présenter des propositions relatives à l'interdiction progressive des loges et systèmes d'attache, à la lumière des conclusions dégagées par le groupe de la Conférence européenne sur la protection des animaux d'élevage ». Cette question de M. Peter Crampton est immédiatement suivie d'une autre, émanant de Mme Christine Oddy, également député du groupe socialiste. « La Commission compte-t-elle, demande Mme Oddy, introduire une législation interdisant pour l'élevage des porcs la construction de stalles étroites avec système d'attache ? »

A ces amis des porcs – et des truies – légitimement préoccupés, le commissaire européen compétent en matière de cochon répond en ces termes : « Une proposition concernant la protection des porcs et sur le bien-être des truies maintenues dans différentes conditions de confinement est actuellement examinée par le Conseil. Si le Conseil approuve cette proposition, la Commission entreprendra des études sur ces sujets. Si des études supplémentaires devaient être entreprises, la Commission examinerait attentivement tous les aspects scientifiques et socio-économiques du problème. En l'état actuel des choses, il est impossible de dire sur quoi déboucheront les études ou quel sera le contenu des propositions éventuelles. » Fin de citation.

Oserais-je ajouter : cochon qui s'en dédit ?

Je vous souhaite le bonjour.

Nous vivons une époque moderne.

Heureux habitants de la Vendée et des autres départements français, peut-être faites-vous partie de ces millions de Français qui hébergent un chat ou qui, selon certains, sont hébergés par lui. Êtes-vous à la hauteur de ce prodigieux animal ? Je dis « prodigieux » car une publicité me propose d'acquérir pour 99 francs un ouvrage intitulé *Comment parler à votre chat*. Or, comment ne pas croire la publicité ? Celle-ci affirme que mon chat – enfin, si j'en avais un –, mon chat, donc, « peut dire "miaou" de dix-neuf façons différentes et [que] chacune d'entre eux *[sic]* a sa propre signification ! ». Point d'exclamation. Ce n'est pas tout : « Les chats parlent également avec leur corps, avec leurs oreilles, leurs moustaches, leurs yeux et leur queue ; avec des mimiques, des ronronnements ou des sifflements pour vous dire ce qu'ils veulent. »

C'est à ce moment, alors que nous sommes pétrifiés de stupéfaction, que l'auteur décide de nous poser LA question. « Pouvez-vous, nous demande-t-il, pouvez-vous lire dans votre chat aussi bien que votre chat lit en vous ? » Oui, pensais-je, je le peux. Il suffirait de procéder comme les anciens aruspices et les augures des empereurs romains avec les poulets : on ouvre le chat avec un couteau, on sort ses entrailles et on lit à l'intérieur.

Telle ne semble pas être la méthode de l'auteur de *Comment parler à votre chat*. Il s'agit plutôt d'interpréter les miaulements et les mimiques. Ainsi, nous jure notre chatologue, vous obtiendrez des réponses à des questions comme : « Comment votre chat juge-t-il vos amis ? », « Comment les chats peuvent-ils savoir, bien avant les gens, qu'une catastrophe va avoir lieu ? », et aussi : « Pourquoi votre chat peut s'affoler si vous dormez trop ? » Et à la fin, poursuit l'homme, vous parlerez chat si bien que, je cite, « votre chat, si indépendant, ne pourra plus vous ignorer ».

Ah, c'est donc ça ! C'est encore un truc pour se rendre soi-même intéressant, encore une indépendance à brimer, encore un truc pour tyran domestique qui se prend pour le roi de la jungle. Eh bien, monsieur, vous pouvez vous le carrer au train votre manuel du langage chat. En plus, j'ai horreur qu'on juge mes amis, pour m'informer des catastrophes à venir j'ai le programme de télévision, et, surtout, j'ai une sainte horreur que l'on m'empêche de dormir mon content.

Je vous souhaite le bonjour.

Nous vivons une époque moderne.

Heureux habitants du Territoire de Belfort et des autres départements français, la réussite dans le commerce, comme le savait déjà César Birotteau, tient à la capacité du commerçant à offrir sans cesse des produits nouveaux. Même dans un négoce florissant comme l'est de nos jours celui des agences de voyages, cette règle est une loi d'airain. L'une d'entre elles fait en ce moment savoir sur son catalogue que, dans chacune de ses succursales, on trouvera désormais un spécialiste du voyage de noces. Ce spécialiste, nous dit-on, « a testé lui-même les destinations parce qu'un voyage de noces doit être – c'est écrit en italique – *merveilleux et inoubliable* ». Notons d'ailleurs que des conditions particulières pour l'achat d'un voyage sont consenties par cette agence aux parents des jeunes mariés, ce qui tend à laisser penser que, si le spécialiste a bien testé le voyage, il n'a pas dû se marier souvent.

Où vous propose-t-on de partir, victimes de Cupidon qui venez de vous passer l'anneau au doigt ? En Grèce, en Égypte, sur le Nil et au Sénégal. Huit jours et sept nuits, en forfait pension complète, pour les prix voir les tableaux ci-joints. Voyons, puisqu'on nous y invite. Cela paraît raisonnable. Pension complète *et* vin compris. Vous pouvez libationner à votre aise et connaître un voyage de noces *merveilleux et inoubliable*. Surtout si vous choisissez la croisière sur le Nil. Et pourquoi sur le Nil ? Parce que l'agence vous propose une cabine double ou une cabine triple, ce qui tend à laisser penser que le spécialiste est informé de la dégradation des mœurs.

De leur dégradation, mais aussi de l'évolution générale de notre vie sociale, où les personnes seules, célibataires ou divorcées sont de plus en plus nombreuses. Et pourquoi seraient-elles privées, s'est demandé notre César Birotteau, de la lune de miel, des voluptés de la pérégrination nuptiale ? A destination du Nil comme à destination du Sénégal, le service « Lune de miel » vous propose des séjours pour une personne, en chambre individuelle. Ah, s'aimer soi-même au point de se le déclarer et partir en voyage en tête à tête avec cézigue !... Que d'idées cela fait-il naître... Ce matin déjà, en me rasant la couenne, je me suis surpris à me dire : C'est à vous, ces beaux yeux-là ?...

Je vous souhaite le bonjour.

Nous vivons une époque moderne.

Heureux habitants du Jura et des autres départements français, vous jouissez – nous jouissons – au-delà de nos frontières de la flatteuse réputation d'être experts dans les choses de l'amour. Nous avons repris des anciens Romains du Bas-Empire le drapeau de la luxure et, s'ils avaient les délices de Capoue, nous nous glorifions des voluptés de Saint-Tropez, au grand dam de certains des heureux habitants de cette bourgade, que je salue.

Grand dam ou pas, lorsqu'un commerçant de Burtenbach, non loin de Munich, eut l'idée d'ouvrir un hôtel où les dames de petite vertu peuvent rencontrer des messieurs dont l'honorabilité n'est qu'une apparence, il le baptisa « Saint-Tropez Club Hôtel ». Le succès fut immédiat et l'établissement de plaisirs ne désemplit pas, au grand dam des riverains qui jugent ce club hôtel nuisible à l'éducation morale de leurs enfants et qui trouvent fort déplaisantes toutes ces voitures qui vont et viennent, se garent sur leurs parkings et récupèrent leur chauffeur libidineux et assouvi à toute heure du jour et de la nuit. Aussi les riverains du Saint-Tropez Club Hôtel se sont-ils coalisés pour réclamer du maire de Burtenbach qu'il ordonne la fermeture de cette maison de tolérance.

Le maire de Burtenbach a prêté à ses administrés une oreille attentive et envoyé une lettre de remontrance au tenancier de l'hôtel de passe. « C'est très bien, a répondu celui-ci dans un communiqué, je vais fermer mon bourdeau [il n'a pas dit bourdeau] et je vais le transformer en foyer pour demandeurs d'asile. »

Les riverains du Saint-Tropez Club Hôtel ont retiré leur plainte. Je suis sûr qu'en France... Tu es sûr de quoi, chroniqueur matutinal ? Euh, je suis sûr que...

... nous vivons une époque moderne,
et que je vous souhaite le bonjour.

Heureux habitants du Tarn-et-Garonne et des autres départements français, je me bornerai dans ma causerie de ce matin à relayer un cri d'alarme qui vient d'être poussé à Rome. Auditeurs, prêtez-moi une oreille particulièrement attentive. Auditrices, je vous prie, ne restez pas à la traîne.

100 millions il y a trente ans ; 40 millions aujourd'hui. 100 millions de quoi ? De spermatozoïdes dans 1 millimètre cube de sperme d'un homme âgé de 20 à 24 ans, la période de la plus grande fertilité chez le mâle. En trente ans, viennent de déclarer les savants andrologues rassemblés en congrès à Rome, l'homme a perdu 60 % de ses spermatozoïdes.

Et quelles sont les causes de cette fuite ? Que dis-je, de cette fuite, de cette débandade spermatozoïdienne ? Il en est de particulières, comme, par exemple, lorsque l'on a oublié, le moment venu, de vérifier que ce qui devait descendre est descendu. Il en est de secondaires, comme l'abus de médicaments de toutes sortes, l'excès de tabac, les additifs dans l'alimentation, les hormones dans la viande et l'exposition à des stress trop violents. Mais il est à la désastreuse dégringolade de nos bourses une cause principale. C'est la télévision.

Eh oui, encore elle ! Et pourquoi ? Parce que la position assise, pour ne pas dire vautrée, ralentit la circulation du sang dans la région concernée et favorise la formation de varices, exactement de varicocèles, sur les veines chargées d'irriguer les testicules. A une moyenne de quatre heures par jour devant le petit écran, c'est même un miracle que nos roubignoles ne soient pas tombées toutes seules, noires et fripées comme des pruneaux ou, dans certains cas, comme des raisins de Corinthe. Que vous faites bien, auditeurs, d'écouter plutôt la radio ! Et que vous êtes avisées, auditrices, d'inciter vos fils et vos compagnons à préférer le transistor.

Car la situation peut encore empirer. Dans le numéro de *La Repubblica* qui résumait les conclusions du colloque de Rome, on annonçait également que la prétendante la plus cotée au titre de Miss Italia venait d'être disqualifiée au motif qu'elle avait longtemps été un homme. Malheureusement mes confrères italiens ne disent pas quelle chaîne de télévision cette ex-future Miss regardait... Notons toutefois que, dans le Nord de l'Italie où vit cette personne, on capte souvent les chaînes françaises.

Je vous souhaite le bonjour.

Nous vivons une époque moderne.

Heureux habitants de la Seine-Saint-Denis et des autres départements français, tout occupés que nous sommes à savoir si nous allons continuer à bâtir l'Europe et, si oui, laquelle, peut-être avons-nous momentanément détourné les yeux des Européens non communautaires et notamment des anciens malheureux habitants de l'ex-Union soviétique. Ce n'est pas pour me vanter mais, animé par l'esprit de contradiction et poussé par la curiosité, je me suis rendu à Leningrad – pardon, à Saint-Pétersbourg –, pendant que mes camarades supportaient avec vaillance le collier de leur apostolat informatif et matutinal.

Dans l'aéronef qui me conduisait vers ma destination, je méditais sur le sombre tableau de la pauvreté voisine de la misère que brossent la plupart de ceux qui ont récemment voyagé en Russie. Et, de fait, lorsque je fus arrivé, je pus observer que la fin du communisme n'avait point suffi à remplir les magasins. « Si vous avez besoin de quelque chose, disait un personnage d'une vieille blague soviétique à un nouveau venu dans sa ville, si vous avez besoin de quelque chose, dites-le-moi, je vous dirai comment vous en passer. » Cette blague est-elle encore d'actualité ? me demandais-je en parcourant les étages d'une galerie marchande de la perspective Nevski. Les étals étaient pauvrement garnis et les étiquettes affichaient des prix impressionnants. Devant l'un d'eux, une femme dont la fatigue marquait le visage était en arrêt depuis un moment. Son regard allait des marchandises aux étiquettes et elle semblait se livrer à de douloureuses supputations budgétaires. Je m'enhardis à l'aborder. « C'est cher, n'est-ce pas ? » dis-je un peu niaisement par le truchement d'un truchement. « Oui, répondit-elle, c'est cher, mais au moins il y en a. »

Je connais peu de leçon d'économie politique aussi brève et aussi dense, et je me demande comment tant de zélateurs de l'Union soviétique ont pu si longtemps refuser de voir qu'il est préférable de trouver dans les magasins quelque chose d'onéreux plutôt que rien du tout très bon marché, pour ne pas dire rien du tout à des prix défiant toute absence de concurrence…

Je vous souhaite le bonjour.

Nous vivons une époque moderne.

Heureux habitants de la Corrèze et des autres départements français, vous, je ne sais pas, mais moi, ce n'est pas pour me vanter, mais j'ai toujours eu du mal avec la géographie. L'amont et l'aval, le confluent et l'affluent, l'embouchure et le delta, le crétacé et l'hercynien, le synclinal et l'anticlinal : autant de notions dont le mélange dans mon cerveau s'est toujours fait avec beaucoup de grumeaux. C'est pourquoi j'ai vu paraître avec soulagement à la Documentation française un livre intitulé *Les Mots de la géographie* et sous-intitulé *Dictionnaire critique*. Et, lorsque j'ai ouvert cet ouvrage qui aurait pu être austère, mais ne coûte que 120 francs, mon soulagement s'est mué en délectation. Jugez vous-mêmes.

Mon premier mouvement fut d'aller voir comment Roger Brunet, Robert Ferras et Hervé Théry, auteurs de ce dictionnaire, définissent leur propre discipline : « La géographie, écrivent-ils, est d'abord une intelligence de l'espace ; c'est pourquoi elle a toujours été utile aux marchands, aux stratèges, aux promoteurs et autres investisseurs, et même au promeneur… » De cette définition réaliste, modeste et souriante, je suis passé à celle du géographe : « Celui qui pratique la géographie », indiquent justement nos auteurs, qui ont l'élégance de préciser immédiatement : « Il existe des géographes amateurs et des explorateurs qui se considèrent comme géographes, ce qui est leur droit le plus absolu. »

Appâté par ces bonnes manières et ce peu de superbe,

je me suis transporté au mot « Anticlinal », si lourd pour moi de mauvais souvenirs : « Catégorie géologique d'intérêt modéré en géographie », écrivent les auteurs sur la tête desquels j'appelle toutes les bénédictions d'En Haut. Et, du coup, je m'installe confortablement et feuillette ce dictionnaire, genre de livre qui, lorsqu'il est réussi, est l'occasion de savoureux voyages. Je fais étape au mot « Allemand ». J'y lis des choses savantes sur la langue qui porte ce nom et sur les nationaux qui se nomment ainsi, puis une recension des caractéristiques prêtées (à tort plus souvent qu'à raison ?) à nos voisins germains. En Espagne, pour désigner un discours obcur, on dit qu'il est « germanique ». En France, lorsqu'on parlait jadis du « peigne de l'Allemand », c'est la main que l'on désignait. Montaigne écrivait : « Les Allemands boivent quasi également de tout vin avec plaisir, leur fin est d'avaler plus que de goûter. » Et Diderot : « Toutes les femmes de condition ressemblent en Allemagne à des citadelles importantes qu'il faut assiéger dans les formes. »

D'« Allemand », je voyage jusqu'à « Contre-urbanisation ». Elle est définie par nos auteurs comme « une illusion d'optique » : « Le dépeuplement des centres de grande ville a été pris, dans certains pays, dans les années 1970-1980 comme un rejet de la ville alors qu'il s'agissait d'une extension de l'espace urbain. » Eh quoi, des géographes qui sourient même d'eux-mêmes ! Feuilletons encore, feuilletons toujours. Nous voici à « Réhabilitation » : « Anglicisme pour "rénovation". Consiste surtout à nettoyer et à réaménager des immeubles, c'est-à-dire à les porter à un prix nettement plus élevé. Cela permet de changer la composition sociale du quartier "réhabilité", mot très gracieux pour ceux qui l'habitaient auparavant. »

Dieu me parfume ! Que veulent-ils, ces géographes-là ? Qu'on leur donne une chronique à France-Inter ? Je vais en référer en amont.

Je vous souhaite le bonjour.

Nous vivons une époque moderne.

Heureux habitants du Lot et des autres départements français, ce n'est pas pour me vanter, mais tout augmente, surtout la température. Holà, chroniqueur matutinal et vaticinant, à force de tremper ta tartine beurrée dans du whisky irlandais, n'aurais-tu pas encalaminé quelques-uns de tes conduits au point de ne pas te rendre compte que l'on caille de Dunkerque à Baudinard-sur-Verdon et que, si cela continue, on va pouvoir faire du ski de fond dans la forêt de Brocéliande ?

En aucun cas, auditeurs prompts à la colère, en aucun cas. Je ne vous parlais pas du temps qui sévit en ce moment, je haussais ma causerie très au-dessus de cette contingence puisque je vous entretenais – ou du moins j'essayais, avant que vous ne m'interrompiez – de l'évolution prévisible de la météorologie au cours des trente prochaines années.

Une étude commandée par la Communauté européenne à une équipe de spécialistes anglo-hollandais établit, en effet, que l'élévation des températures est un phénomène irréversible en Europe et que, par voie de conséquence, le niveau de la mer va s'élever partout sauf, je pense, au Luxembourg. Le niveau de la mer va s'élever partout et spécialement en France et en Espagne, précisent les spécialistes, qui soulignent que, chez nous et chez les Ibères, des zones de peuplement d'une densité certaine seront recouvertes par les flots et que le nombre de résidences « pieds dans l'eau » va croître spectaculairement.

Ce n'est pas tout, ajoutent les Cassandre de la météorologie. Il existe un danger sérieux. Celui que vont constituer des changements de temps radicaux, brusques et imprévisibles. Vous sortirez de chez vous en short et vous devrez acheter une parka pour rentrer. De surcroît, les extrêmes climatiques comme la sécheresse, les vagues de chaleur et les inondations dureront vraisemblablement plus longtemps.

« Mieux vaut ce temps-là que pas de temps du tout », disaient nos anciens dans leur sagesse. Tel n'est pas l'avis des savants chercheurs : « Si des mesures ne sont pas prises, écrivent-ils, la vitesse à laquelle les températures augmenteront sera de deux à trois fois plus élevée que nous ne pouvons le supporter. » Des mesures ? Volontiers, mais lesquelles ? Les fonctionnaires de la Communauté devront-ils pondre une directive fixant les températures minimales et maximales pour ses douze pays membres ? Certains les en croient capables, car nous vivons une époque moderne.

Je vous souhaite le bonjour.

Heureux habitants des Hautes-Pyrénées et des autres départements français, l'homme, dont on sait depuis Alexandre Vialatte qu'il remonte à la plus haute Antiquité, l'homme, donc, est un animal accidentellement bipède et qui a la curieuse passion de se distinguer de ses congénères. (Quand je dis « homme », j'entends l'homme dans le sens qui comprend la femme, et quand je dis qu'il la comprend, je veux plutôt dire qu'il l'inclut.) Pour se distinguer de ses congénères, l'homme, et la femme qu'il inclut, se dote d'un patronyme. Souvent, il décide de s'appeler Martin, ce qui le distingue insuffisamment puisqu'en France, selon l'ouvrage de Jean-Louis Beaucarnot paru aux éditions Robert Laffont et intitulé *Vous et votre nom*, 168 000 êtres humains portent le nom de Martin, soit l'équivalent de la population de Poitiers, à quelques Martin près. Parfois il s'appelle Meyer, comme 33 000 de ses concitoyens, soit à peu près la population de Rodez. D'autres fois encore, il se nomme de La Rochefoucauld, ou Félix Potin, ce qui permet plus aisément de le distinguer.

Mais il arrive que l'homme ne se nomme pas lui-même et qu'il soit affublé d'un sobriquet par ses contemporains. Lorsque ce sobriquet ne lui plaît pas, ou lorsqu'il chagrine ses descendants, l'homme peut demander au Conseil d'État de changer de patronyme. L'ouvrage consacré à ce sujet, et que je citais à l'instant, publie en annexe une liste des noms de famille ayant fait l'objet d'une telle demande, 1 803 à nos jours.

On y apprend que l'homme n'a guère envie de s'appeler Cocu, avec ou sans *t*, ni Cocuron, ni Montcoqut, ni Cornard, ni Cornedecerf, ni Betacorne. On y découvre que l'homme redoute d'être patronymé Cerqueux, Malmonté, Bitaudeau, Macouillard ou même Couillon, voire Belpaire. Mais il craint tout autant qu'on le salue en lui disant : Bonjour, M. Francon, M. Convert, M. Blancon, M. Concarré, M. Sallicon ou M. Jolicon.

L'homme adresse volontiers une supplique au Conseil d'État s'il se nomme Lacuisse, Courgenouil, Bonichon, Boyaux, Bidon, Chaudoreil, Baveux, Malcuit, Verollet, Patrac, Crassons, Sercu, Cudemilan, Veysset ou Cassecuel.

Il ne lui plaît point d'être connu sous le nom de Savati, de Peudecœur, de Zigoteau, de Boncrétin, de Franquenouille, de Lapoire, Lacorne, Lamouche, Laveuve, Petitballot ou Le Crevé. Torchebœuf ne lui convient pas plus que Quatrevaux et Chirouge, pas davantage que Dumollard. On connaît cependant deux exemples de suppliques au Conseil d'État qui se contentaient de lui demander un changement de prénom. La première venait d'un homme baptisé Louis et qui aurait préféré Alain, la seconde d'un dénommé Charles, qui aurait bien changé pour Pierre. Il est vrai que le prénommé Louis avait pour patronyme Quinze et que le baptisé Charles portait le nom de Martel. On voit par là que l'homme est parfois lourd à porter pour l'homme.

Je vous souhaite le bonjour.

Nous vivons une époque moderne.

Heureux habitants de l'Ille-et-Vilaine et des autres départements français, l'homme n'est qu'une créature imparfaite. Il en va de même du chroniqueur matutinal. Ne l'a-t-on pas entendu il y a peu vanter les mérites d'un dictionnaire de géographie publié par la Documentation française, officielle officine généralement moins coutumière des publications souriantes et alertes que des éditions sur *Les Conséquences du veuvage avant 60 ans* ou le *Guide des progiciels destinés aux communes* ?

Ce que disant, le chroniqueur matutinal proférait une niaiserie. Pour l'en convaincre, le directeur de ladite Documentation française, qui joint à cette qualité celle d'auditeur de France-Inter – et sachant auditer, je vous prie –, envoie audit chroniqueur depuis le huis clos de sa salle de bains un guide des termes francophones recommandés, établi par Gina Mamavi et Loïc Depecker, espièglement intitulé *Logiciel et Épinglette*. « Épinglette » est – comme on ne l'ignore pas – le vocable proposé pour détrôner le pin's, de même que l'épinglophilie est suggérée pour venir à bout de la pin's mania – du mot en tout cas, sinon de la chose. Quant à « logiciel », il a d'ores et déjà remplacé *software*. Mais saviez-vous que « bazarette » a été imaginé pour désigner un magasin de petite taille offrant des produits de nécessité courante, et qu'un collectionneur de cartes à puce peut être nommé un « cartopuciste » – ce qui est plus court que « débile léger à tendance monomaniaque » ?

Vous n'ignorez pas qu'une pâte constituée de protéines myofibrillaires de poisson additionnées de cryoprotecteurs s'appelle en japonais un *surimi*. Quand ils font frire cette horreur, les Américains la nomment *surimi-chip*. Pour en adoucir le nom – sinon pour en améliorer la saveur –, nos linguistes nous conseillent l'appellation « croustille de surimi ». Pour *talk-show*, ils ont imaginé « conversade », à la rigueur « causerie ». Ils n'ont pas osé aller jusqu'à « bavardage ». Pour *tie-break*, après avoir essayé de fourguer « manche décisive », ils ont trouvé un mot plus joli et – me semble-t-il – plus judicieux : « départage ».

« Marchéage » pourra-t-il supplanter *marketing* ? « Influençage » mettra-t-il *lobbying* à genoux ? « Stylicien » l'emportera-t-il sur *designer* ? « Nourricerie » fera-t-il oublier *nursery* ? « Succès » prendra-t-il la place de *compilation* ? « Répartition » aura-t-il l'avantage sur *dispatching* ? Et enfin, « saut de chaîne » a-t-il des chances sérieuses d'avoir, si j'ose dire, le dernier mot face à *zapping* ? Souhaitons-le et contribuons-y. Ne serait-il pas charmant de dire d'un camarade de travail que l'on verrait arriver le matin les yeux exorbités et le regard éteint : « Il a dû avoir un accident de saut de chaîne » ?...

Je vous souhaite le bonjour.

Nous vivons une époque moderne.

Heureux habitants de la Charente-Maritime et des autres départements français, parlons des Américains. Si l'on en croit les sociologues du Café du commerce, leur société a toujours cinq ou dix ans d'avance sur la nôtre. Si c'est le cas, et si nous devons bientôt connaître l'évolution sociale et mentale qui est la leur, réjouissons-nous, et pas qu'un peu. Les Étatsuniens, en effet, commencent à se rebeller sérieusement contre l'idéologie sanitaire pisse-froid qui, au nom de la forme, de la santé et de la prévention des maladies de toutes sortes, cherche, et souvent parvient, à convaincre un grand nombre de gens que les plaisirs de l'existence sont autant de pièges mortels qu'un Satan relooké a concoctés pour s'emparer des corps et des âmes. C'est du péché post-moderne que vouloir sauver celle-ci avec son aérobic, celui-là avec son beurre sans beurre, cet autre avec ses produits diététiques, positifs, zen, ou macro-quelque chose. Les Américains y ont cru, ils en ont mangé, ils ont joggé, ils en furent fort aises et ils en sont revenus, avec une sorte de gueule de bois et pas en meilleure santé pour autant.

Aujourd'hui, comme cela leur est déjà arrivé, ils opèrent un virage à 180° et le livre du savoir-vivre qui a le plus grand succès s'intitule *The French Paradox* (« le paradoxe français »)! Cet ouvrage, vendu dans les 90 francs, ne se contente pas de donner notre mode de vie en exemple ni de faire l'éloge du vin, de l'huile d'olive, du fromage, des longs repas et des petites siestes, il démasque la tactique des idéologues de la forme et soutient que, s'ils ont triomphé un moment, c'est en s'en prenant à la partie la plus faible de l'homme. Or quelle est la partie la plus faible de l'homme ? C'est la femme. Non parce qu'elle a un cerveau plus petit que son compagnon, ma chère Patricia, mais parce que c'est elle qui porte le fruit de leur union. Parce qu'elle est enceinte ou susceptible de l'être, la femme est plus facile à culpabiliser que l'homme.

L'homme, en effet, peut toujours penser que sa façon de vivre et de se nourrir ne regarde que lui et que, si elle a des conséquences nuisibles, il sera le seul à en payer le prix. La femme est moins à l'aise pour envoyer paître le clergé de la forme et du régime. Ce qu'elle boit et ce qu'elle mange aujourd'hui, on la persuade que son bébé le paiera demain ou après-demain. A force d'à force, on a même mis en prison, dans le Nevada, une femme enceinte qu'un contrôle de police avait trouvée sentant l'alcool. Le motif retenu fut celui de voies de fait prénatales sur un enfant ! Ce motif sortait tout droit des élucubrations d'un groupe d'avocats à la recherche de nouveaux procès et rassemblés dans un « Centre pour l'utilisation de la science dans l'intérêt du public ». Ces avocats, ayant compris que plus une chose est répétée plus elle a de chances de passer pour la vérité, menèrent de consciencieuses campagnes de presse pour jeter l'opprobre sur des jouissances modérées et raisonnables ayant pour tout objectif de rendre la vie un peu moins dure ou, comme on dit aujourd'hui, de « réduire le stress ». En révélant ces turpitudes, les auteurs de *The French Paradox* ont rencontré le considérable succès que je vous signalais tout à l'heure. Notons au passage que le médecin qui a coordonné les contributions à ce livre s'appelle Lewis Perdue, ce qui, prononcé à la française, donne exactement « le vice perdu ». Comme on dit quand on ne trouve pas d'autre conclusion : ça ne s'invente pas.

Je vous souhaite le bonjour.

Nous vivons une époque moderne.

Heureux habitants de la Haute-Vienne et des autres départements français, voici « les prévisions météorologiques pour le prochain week-end, les fêtes de fin d'année et les fêtes foraines : De rassurant à menaçant, de menaçant à pas bien beau, de pas bien beau à plutôt moche et de plutôt moche à franchement tarte. Températures probables et possibles : pour les régions Nord-Atlas, Sud-Aviation, Est républicain, Ouest démocratique, centre gauche et centre droit :

    sous le bras, 37,5 °C ;
    sous la langue, 38,2 °C ;
    ailleurs, suivant le cas.

Voici maintenant les cours des denrées alimentaires :

Cours du veau
    veau roulé : 4,90 le rouleau ;
    veau mort-né : le faire-part, 10 sous.
Cours du poisson
    turbot de la Méditerranée : le couple, 11 F ;
    turbot-compresseur : la compresse, 0,35 F ;
    sole naturelle : la clé, 8 F ;
    sole mineure : 7 F l'unité, interdite au moins de 18 ans ;
    rouget du Golfe : la paire, 12 F ;
    Rouget de l'Isle : le refrain, gratuit.

Cours des fromages
>brie de Melun : le quart, 4,80 ;
>brie de Melautre : le demi, 9,60 ;
>brie coulant : le litre, à la pression, 3,30 ;
>le même, rendu à domicile par ses propres moyens : la coulée, 4,50 F. »

Ainsi parlait Pierre Dac, *alias* le sieur Rabindranah Duval, celui-là même qui réécrivit la Phèdre, dota la fille de Minos et de Pasiphaé d'une servante nommée Sinusite et termina sa refonte de la pièce de Racine par cet échange entre Hippolyte et Phèdre :

>H. – Divinités du Styx, je demeure invaincu
>Le désespoir au cœur...
>Ph. – Et moi, le feu au c...

Aux éditions François Bourin, Jacques Pessos publie une biographie du potache éternel que fut Pierre Dac, que son mauvais esprit conduisit à Londres durant la dernière guerre, d'où il adressa au micro de la radio de la France libre des reproches bien sentis à toutes sortes de collaborateurs, reproches que M. Philippe Henriot jugea uniquement motivés par le fait que Pierre Dac était juif et donc peu objectif à l'égard du national-socialisme.

Ajoutons que Pierre Dac était un amuseur. La biographie sus-mentionnée nous permet de mieux cerner ce qu'est un amuseur : c'est un homme qui cherche constamment une échappatoire. Pierre Dac fit ses premiers pas dans la catégorie socio-professionnelle des amuseurs en cherchant une échappatoire à la guerre de 14 qui lui avait pris son frère Marcel. Il multiplia ensuite à la scène comme à la TSF les échappatoires tous azimuts, le plus souvent en mauvaise compagnie, dans le seul dessein d'échapper aux pesanteurs de l'administration, du principe de réalité, des chagrins de provenances diverses, de l'inquisition fiscale, de la loi de la gravita-

Les progrès du progrès 217

tion universelle, du dictionnaire de l'Académie française, des matinées classiques des théâtres subventionnés, de l'éloquence officielle et de toutes les scélératesses que la vie est capable de réserver même à ceux qui ne demanderaient pas mieux que de la prendre du bon côté – car, ce n'est pas pour me vanter, mais la vie a un bon côté, même s'il est plus court que les autres, ce qui prouve que la vie n'est pas équilatérale.

Parmi les échappatoires qu'il chercha, Pierre Dac essaya même le suicide. Il le commit avec le sérieux que l'amuseur met à toutes choses, mais le sérieux ne remplace pas le don, et Pierre Dac se rata. De peu, il est vrai. Il ramena de cette tentative une assez jolie définition de la mort : manque de savoir-vivre...

Je vous souhaite le bonjour.

Nous vivons une époque moderne.

Heureux habitants de la Sarthe et des autres départements français, je ne voudrais pas vous inquiéter, mais j'ai bien peur que le régime castriste ne commence à donner sérieusement de la bande. Si j'en crois la revue *Horizons nouveaux* qui, naguère, nous délivra de si précieuses informations sur le communisme à l'est de l'Europe, c'est au sein des familles mêmes des fondateurs du castrisme que la dissidence a planté ses derniers drapeaux. Le fils de Blas Roca, l'auteur de la Constitution marxiste de Cuba – texte dans lequel il entre davantage de marxisme que de Constitution –, le fils de Blas Roca, donc, prénommé Vladimiro en l'honneur du regrettable Lénine, a signé une pétition en faveur d'un système pluripartis et d'élections libres. Puis il a déclaré avoir acquis la conviction que le système économique cubain condamnait la population à une pauvreté permanente. « Des milliards de roubles d'aide ont été gaspillés », a-t-il ajouté, donnant ainsi le coup de pied de l'âne. Quant à la fille du *líder máximo*, Alina Castro, elle affirme que le communisme est indissolublement lié à la débâcle économique et à la pénurie alimentaire. Elle considère Fidel Castro, son père, comme un tyran – et, en effet, celui-ci lui interdit de voyager. Elle juge que « les dirigeants cubains sont toujours en train d'inventer quelque chose pour que les gens pensent à autre chose qu'à la réalité » et que « la catastrophe est si grande à Cuba que tout tombe en morceaux ».

Le fils de Che Guevara, fils illégitime mais incontesté, a lancé un appel en faveur de l'établissement d'un régime social-démocrate avec économie de marché, élections libres, droit de manifestation et toutes sortes de choses. L'armée l'a rappelé soudainement sous les drapeaux. Et qu'attend-elle, l'armée, pour s'intéresser au petit-fils, légitime celui-là, du même Ernesto Che Guevara ? Canech Sanchez Guevara a 18 ans. Il a 18 ans et n'a point de métier. Enfin, il est guitariste, ce qui revient au même, à moins que ce ne soit pire. Et quelle musique joue-t-il sur sa guitare, ce parasite antisocial ? Du rock et du heavy. Soyons clair : que le régime castriste ne soit pas en état d'empêcher le fils d'un fondateur du régime de dégoiser, la fille du *líder máximo* de parler à tort et à travers, le fils – d'ailleurs illégitime – du Che de proférer des sottises, peut n'être que le signe d'un attristant dysfonctionnement. Mais que le petit-fils du Che joue du heavy sur une guitare forcément électrique, voilà le signe annonciateur le moins contestable qu'est arrivé pour Fidel Castro le temps de songer à la retraite.

Je vous souhaite le bonjour.

Nous vivons une époque moderne.

Heureux habitants des Hautes-Alpes et des autres départements français, si l'on en juge par la quantité de rééditions de ses enregistrements mise sur le marché, on peut dire que Maria Callas n'a jamais autant chanté que depuis qu'elle est morte. Il en va de même de feu Pierre Desproges, qui n'a jamais autant publié que depuis qu'une maladie dont il s'était moqué cruellement lui a rendu la pareille avec une insigne mesquinerie. Voici en effet que M. Le Seuil, éditeur à Paris, publie de Pierre Desproges un ouvrage entièrement consacré aux étrangers et intitulé *Les étrangers sont nuls*. Cet ouvrage rassemble des articles rédigés naguère pour *Charlie-Hebdo* et illustrés par le sieur Edika, dessinateur de genre. Quand je dis « naguère », je veux dire en 1981. On peut donc constater en lisant cet ouvrage que, huit ans avant sa mort, Pierre Desproges éclatait de cette féroce santé dont nous ne nous consolons pas qu'elle ne mugisse plus sur nos antennes et sur les scènes de nos rares théâtres non subventionnés. Cette féroce santé, mais aussi ce sens sociologique inné qui saisit vivement les traits essentiels d'un peuple et à qui on ne la fait pas. « Les Autrichiens, écrit Desproges, sont appelés ainsi pour faire croire qu'ils ne sont pas allemands. » « Les Israéliens sont appelés ainsi parce qu'ils sont juifs. » « Les Irlandais sont appelés ainsi en hommage à Jean-Baptiste Irlandon, qui découvrit l'île en 426 après Jésus-Christ et lui donna son nom pour faire son intéressant avec les filles. »

Une fois éclaircies les origines de l'appellation des peuples, le regretté Desproges en brosse les caractéristiques les plus saillantes : « Non content de faire bouillir les viandes rouges, l'Anglais fait cuire les vierges blanches telle Jeanne d'Arc. » « Il y a deux sortes de Belges : les Wallons, qui sont assez proches de l'homme, et les Flamands, qui sont assez proches de la Hollande. [...] Le Belge est lourd, certes, mais il est français, alors que quand le franc est lourd, c'est qu'il est suisse. » « Les Eskimos n'ont pas de pavillon mais des ziglous. [...] Dès l'aube, tandis que le pâle soleil arctique darde que dalle, Tiphas l'Eskimo met ses bottes de ziglouré et sort du ziglou pour chasser l'ours blanc. »

A ces descriptions, où le pittoresque ne l'emporte que rarement sur la rigueur informative, Desproges ajoute des comparaisons sagaces entre le PNB et le PMU et des remarques salaces à propos des Maltaises, des Canadiennes et des deux Corées dont, je cite, « il faut bien avouer qu'elles se touchent ». Cet aspect salace des *Étrangers sont nuls* ne doit pas laisser craindre qu'il ne s'agisse pas d'un ouvrage répondant aux questions essentielles de notre temps. Ainsi, à la question essentielle de notre temps : « Quelle est la meilleure télévision du monde ? », Pierre Desproges répondait en 1981 : « C'est la télévision sud-africaine : non seulement il n'y a jamais d'émission avec Giscard, mais encore il n'y en a pas non plus avec Mitterrand. »

Je vous le demande, l'avenir a-t-il donné tort à notre défunt ami ?

Je vous souhaite le bonjour.

Nous vivons une époque moderne.

Heureux habitants de la Seine-et-Marne et des autres départements français, vous n'êtes pas sans ignorer, et je vais donc avoir le plaisir de vous faire savoir, que Licio Gelli a reçu un prix de poésie. Ne me dites pas que vous ne vous souvenez pas de Licio Gelli, le chef d'orchestre de la Loge maçonnique italienne et clandestine baptisée « P2 ». Quand il ne faisait pas des vers, Licio Gelli s'intéressait à des groupes terroristes d'extrême droite, et c'est même pour les avoir financés qu'il fut condamné à dix ans de prison. Condamné mais remis en liberté au bout d'un mois en raison de graves problèmes cardiaques. C'est normal : chez les poètes le cœur est un organe particulièrement sollicité, il se fatigue donc plus vite que chez les autres. « L'art ne fait que des vers, le cœur seul est poète », écrivait André Chénier...

Quand il ne fatiguait pas son cœur en le mettant à l'unisson des Muses, on pensait que Gelli s'adonnait à diverses conspirations pour noyauter l'armée, les services secrets, la fonction publique, les douanes, les carabiniers, la presse, les finances, la magistrature et le Parlement.

Je dis « on pensait » parce que, après dix ans d'instruction, un juge italien a inculpé seize membres de la Loge P2 de conspiration politique, mais pas Licio Gelli. Il faut dire qu'on ne voyait pas très bien comment un poète souffrant de « graves problèmes cardiaques » aurait pu se livrer à tant d'activités clandestines et répréhensibles sans avoir quelque infarctus. Dans la foulée, Gelli a été acquitté par une juridiction d'appel de l'inculpation qui lui avait valu dix ans de prison.

Attention ! J'entrevois dans le huis clos de vos salles de bains certains sourires méprisants pour la justice italienne. Rengainez vos sourires méprisants, auditeurs trop prompts. Licio Gelli va quand même devoir répondre de quelques accusations. Il est en effet inculpé de calomnie. Et quelle calomnie ? Eh bien, une calomnie à l'encontre de deux magistrats qu'il a accusés d'avoir été achetés. Les juges italiens n'allaient pas laisser passer cette énormité. D'ailleurs, ils ont également inculpé Gelli d'abus de confiance. Et en quoi le chef de la Loge P2 s'est-il rendu coupable de ce délit ? Eh bien, le fameux Roberto Calvi, le président du Banco Ambrosiano que l'on retrouva pendu sous un pont de Londres, lorsqu'il commença à avoir des ennuis, prit conseil de notre poète. Celui-ci lui dit de ne pas s'inquiéter, car il avait dans sa manche les juges chargés du procès du Banco Ambrosiano. Comme les magistrats italiens ont considéré qu'il n'était ni vrai ni possible que Gelli ait asservi des juges, ils l'inculpent d'abus de confiance. Ce doit être parce qu'en Italie le délit de publicité mensongère n'existe pas.

Au fond, il s'en est fallu d'un cheveu que l'espèce des poètes « maudits » compte un représentant de plus !

Je vous souhaite le bonjour.

Nous vivons une époque moderne.

Tables

Trompe-l'œil, 9.
Capucinade, 11.
Réconciliation, 13.
Flicothérapie, 15.
Bureaucrates, 17.
Fesse (délimitation de la –), 19.
Pré-femme, 21.
Fanfare repoussée, 23.
Singe nycticèbe, 27.
Résurrection de Stendhal, 29.
Solitude du solitaire, 31.
Marseillaises, 33.
Avenir probable de Patrick Bruel, 37.
Perche grimpeuse, 41.
Lance-flammes domestique, 43.
Androstérone, 45.
Protection des unidigités, 47.
Miniaturisation du golf, 49.
Mortalité hongroise, 51.
Inquiétude (légitime), 53.
Évolution du boy-scout, 55.
Illégalité de ma bisaïeule, 57.
Yoga (conséquence inattendue du –), 59.

Elvis (ou Ernest) ?, 61.
Impropriété langagière, 63.
Égalité du riche, 65.
Définition du porc, 67.
Électronisme religieux, 69.
Lectures, 71.
Sexes (égalité des –), 73.
Amour (lassitude de l'–), 75.
Sexes (fragilité de l'égalité des –), 77.
Inconvénient de la liposuccion, 79.
Boute-en-train du Michigan, 81.
Incompatibilité belgo-nippone, 83.
Football, 85.
Subtilités linguistiques, 87.
Inutilité de certains larcins, 89.
Reproduction des mascus, 91.
Femmes (au choix), 93.
Puissance recouvrée, 95.
Cur. (Vitae), 97.
Délocalisations, 99.
Électronisme marchand, 101.
Duplicité nippone, 103.

Invitation (à Limoges), 105.
Sabir, 107.
Clairvoyance du polytechnicien, 109.
Identification, 111.
Virilisme, 113.
Bras d'honneur du manchot, 115.
Publiphobie, 117.
Misère des morts, 119.
Art contemporain (promotion de l'–), 121.
Beslon (gloire des habitants de –), 125.
Stress (inutilité du –), 127.
Castor contre technocrate, 129.
Vénalité de l'idéaliste, 131.
Dernier mot de la veuve, 133.
Imbécillité de l'ordinateur, 135.
Marge d'erreur, 137.
Raréfaction du vieux vieux, 139.
Post mortem, 141.
Éboueurs, 143.
Déférence anachronique, 145.
Premier (François), 147.
Excuse absolutoire, 149.
Exterioris paginae puella, 151.
Ébriété du pilote, 153.
Infériorité supposée du Fuxéen, 155.
Supériorité démontrée du Gersois, 157.
Défaitisme, 159.

Décimation du Kurde, 161.
Terra rara, 163.
Ferniot (Jean), 165.
Perfectibilité de la sottise, 167.
Montand (Yves), 169.
Extrêmes (rapprochement des –), 171.
Marâtre patrie, 173.
Nolisage, 175.
Montée du niveau, 177.
Irresponsabilité du décès, 179.
Resabir, 181.
Montée (internationale) du niveau, 183.
Sed formosa, 185.
Humanisme de M. Vauzelle, 187.
Communicateurs efficaces, 189.
Auxiliaire de l'amour, 191.
Protection du cochon, 193.
Chat bavard, 195.
Union parfaite, 197.
Délation, 199.
Bourses, 201.
Sagesse populaire, 203.
Anticlinal, 205.
Dégradation du climat, 207.
Patronymes pittoresques, 209.
Directives linguistiques, 211.
In vino veritas, 213.
Dac (Pierre), 215.
Socialisme et escampette, 219.
Desproges (Pierre), 221.
Poésie et publicité, 223.

Ain, 131.
Aisne, 87
Allier, 93.
Alpes-de-Haute-Provence, 165.
Alpes (Hautes-), 221.
Alpes-Maritimes, 13.
Ardèche, 63.
Ardennes, 51.
Ariège, 155.
Aube, 119.
Aude, 103.
Aveyron, 67.
Belfort (Territoire de), 197.
Bouches-du-Rhône, 111.
Calvados, 19.
Cantal, 21.
Charente, 179.
Charente-Maritime, 213.
Cher, 193.
Corrèze, 205.
Corse-du-Sud, 181.
Corse (Haute-), 153.
Côte-d'Or, 79.
Côtes-d'Armor, 135.
Creuse, 175.
Deux-Sèvres, 15.
Dordogne, 73.
Doubs, 43.
Drôme, 83.
Eure, 187.
Eure-et-Loir, 107.
Finistère, 45.
Gard, 97.
Garonne (Haute-), 121.
Gers, 157.
Gironde, 27.
Hérault, 81.
Ille-et-Vilaine, 211.
Indre, 125.
Indre-et-Loire, 143.
Isère, 141.
Jura, 199.
Landes, 137.
Loir-et-Cher, 9.
Loire, 151.
Loire (Haute-), 109.
Loire-Atlantique, 91.
Loiret, 189.
Lot, 207.
Lot-et-Garonne, 163.
Lozère, 77.

Maine-et-Loire, 71.
Manche, 17.
Marne, 11.
Marne (Haute-), 49.
Mayenne, 191.
Meurthe-et-Moselle, 185.
Meuse, 145.
Morbihan, 101.
Moselle, 173.
Nièvre, 105.
Nord, 127.
Oise, 23.
Orne, 117.
Pas-de-Calais, 183.
Puy-de-Dôme, 57.
Pyrénées-Atlantiques, 147.
Pyrénées (Hautes-), 209.
Pyrénées-Orientales, 177.
Rhin (Haut- et Bas-), 33.
Rhône, 133.
Saône (Haute-), 61.
Saône-et-Loire, 129.
Sarthe, 219.
Savoie, 149.
Savoie (Haute-), 113.
Seine-Maritime, 41.
Somme, 37.
Tarn, 59, 161.
Tarn-et-Garonne, 201.
Var, 53, 89.

Vaucluse, 95.
Vendée, 195.
Vienne, 31.
Vienne (Haute-), 215.
Vosges, 69.
Yonne, 167.

Région parisienne

Essonne, 99.
Hauts-de-Seine, 47.
Seine-et-Marne, 223.
Seine-Saint-Denis, 203.
Val-de-Marne, 75.
Val-d'Oise, 139.
Yvelines, 169.

Outre-mer

Guadeloupe, 65.
Guyane, 159.
Martinique, 115.
Réunion, 29.
Saint-Pierre-et-Miquelon, 85.

Francophones

Belgique, 55
Helvétie, 171.

RÉALISATION : CHARENTE PHOTOGRAVURE À L'ISLE-D'ESPAGNAC
IMPRESSION : B.C.I. À SAINT-AMAND (CHER)
DÉPÔT LÉGAL : FÉVRIER 1995. N° 23552 (4/043)

Collection Points

SÉRIE ACTUELS

A1. Lettres de prison, *par Gabrielle Russier*
A2. J'étais un drogué, *par Guy Champagne*
A3. Les Dossiers noirs de la police française
   par Denis Langlois
A4. Do It, *par Jerry Rubin*
A5. Les Industriels de la fraude fiscale, *par Jean Cosson*
A6. Entretiens avec Allende, *par Régis Debray* (épuisé)
A7. De la Chine, *par Maria-Antonietta Macciocchi*
A8. Après la drogue, *par Guy Champagne*
A9. Les Grandes Manœuvres de l'opium
   par Catherine Lamour et Michel Lamberti
A10. Les Dossiers noirs de la justice française
   par Denis Langlois
A11. Le Dossier confidentiel de l'euthanasie
   par Igor Barrère et Étienne Lalou
A12. Discours américains, *par Alexandre Soljénitsyne*
A13. Les Exclus, *par René Lenoir* (épuisé)
A14. Souvenirs obscurs d'un Juif polonais né en France
   par Pierre Goldman
A15. Le Mandarin aux pieds nus, *par Alexandre Minkowski*
A16. Une Suisse au-dessus de tout soupçon, *par Jean Ziegler*
A17. La Fabrication des mâles
   par Georges Falconnet et Nadine Lefaucheur
A18. Rock babies, *par Raoul Hoffmann et Jean-Marie Leduc*
A19. La nostalgie n'est plus ce qu'elle était
   par Simone Signoret
A20. L'Allergie au travail, *par Jean Rousselet*
A21. Deuxième Retour de Chine
   par Claudie et Jacques Broyelle et Évelyne Tschirhart
A22. Je suis comme une truie qui doute, *par Claude Duneton*
A23. Travailler deux heures par jour, *par Adret*
A24. Le rugby, c'est un monde, *par Jean Lacouture*
A25. La Plus Haute des solitudes, *par Tahar Ben Jelloun*
A26. Le Nouveau Désordre amoureux
   par Pascal Bruckner et Alain Finkielkraut
A27. Voyage inachevé, *par Yehudi Menuhin*
A28. Le communisme est-il soluble dans l'alcool ?
   par Antoine et Philippe Meyer
A29. Sciences de la vie et Société
   par François Gros, François Jacob et Pierre Royer
A30. Anti-manuel de français
   par Claude Duneton et Jean-Pierre Pagliano

- A31. Cet enfant qui se drogue, c'est le mien
  par Jacques Guillon
- A32. Les Femmes, la Pornographie, l'Érotisme
  par Marie-Françoise Hans et Gilles Lapouge
- A33. Parole d'homme, *par Roger Garaudy*
- A34. Nouveau Guide des médicaments, *par le Dr Henri Pradal*
- A35. Rue du Prolétaire rouge, *par Nina et Jean Kéhayan*
- A36. Main basse sur l'Afrique, *par Jean Ziegler*
- A37. Un voyage vers l'Asie, *par Jean-Claude Guillebaud*
- A38. Appel aux vivants, *par Roger Garaudy*
- A39. Quand vient le souvenir, *par Saul Friedländer*
- A40. La Marijuana, *par Solomon H. Snyder*
- A41. Un lit à soi, *par Évelyne Le Garrec*
- A42. Le lendemain, elle était souriante…, *par Simone Signoret*
- A43. La Volonté de guérir, *par Norman Cousins*
- A44. Les Nouvelles Sectes, *par Alain Woodrow*
- A45. Cent Ans de chanson française, *par Chantal Brunschwig Louis-Jean Calvet et Jean-Claude Klein*
- A46. La Malbouffe, *par Stella et Joël de Rosnay*
- A47. Médecin de la liberté, *par Paul Milliez*
- A48. Un Juif pas très catholique, *par Alexandre Minkowski*
- A49. Un voyage en Océanie, *par Jean-Claude Guillebaud*
- A50. Au coin de la rue, l'aventure
  par Pascal Bruckner et Alain Finkielkraut
- A51. John Reed, *par Robert Rosenstone*
- A52. Le Tabouret de Piotr, *par Jean Kéhayan*
- A53. Le temps qui tue, le temps qui guérit
  par le Dr Fernand Attali
- A54. La Lumière médicale, *par Norbert Bensaïd*
- A55. Californie (Le Nouvel Age)
  par Sylvie Crossman et Édouard Fenwick
- A56. La Politique du mâle, *par Kate Millett*
- A57. Contraception, Grossesse, IVG
  par Pierrette Bello, Catherine Dolto et Aline Schiffmann
- A58. Marthe, *anonyme*
- A59. Pour un nouveau-né sans risque
  par Alexandre Minkowski
- A60. La vie tu parles, *par Libération*
- A61. Les Bons Vins et les Autres, *par Pierre-Marie Doutrelant*
- A62. Comment peut-on être breton?, *par Morvan Lebesque*
- A63. Les Français, *par Theodore Zeldin*
- A64. La Naissance d'une famille, *par T. Berry Brazelton*
- A65. Hospitalité française, *par Tahar Ben Jelloun*
- A66. L'Enfant à tout prix
  par Geneviève Delaisi de Parseval et Alain Janaud
- A67. La Rouge Différence, *par F. Edmonde Morin*
- A68. Regard sur les Françaises, *par Michèle Sarde*

A69. A hurler le soir au fond des collèges, *par Claude Duneton avec la collaboration de Frédéric Pagès*
A70. L'Avenir en face, *par Alain Minc*
A71. Je t'aime d'amitié, *par la revue « Autrement »*
A72. Couples, *par la revue « Autrement »*
A73. Le Sanglot de l'homme blanc, *par Pascal Bruckner*
A74. BCBG, le guide du bon chic bon genre
  par Thierry Mantoux
A75. Ils partiront dans l'ivresse, *par Lucie Aubrac*
A76. Tant qu'il y aura des profs
  par Hervé Hamon et Patrick Rotman
A77. Femmes à 50 ans, *par Michèle Thiriet et Suzanne Képès*
A78. Sky my Husband ! Ciel mon mari !
  par Jean-Loup Chifflet
A79. Tous ensemble, *par François de Closets*
A80. Les Instits. Enquête sur l'école primaire, *par Nicole Gauthier, Catherine Guiguon et Maurice A. Guillot*
A81. Objectif bébé. Une nouvelle science, la bébologie
  par la revue « Autrement »
A82. Nous l'avons tant aimée, la révolution
  par Dany Cohn-Bendit
A83. Enfances, *par Françoise Dolto*
A84. Orient extrême, *par Robert Guillain*
A85. Aventurières en crinoline, *par Christel Mouchard*
A86. A la soupe !, *par Plantu*
A87. Kilos de plume, kilos de plomb
  par Jean-Louis Yaïch et Dr Gérard Apfeldorfer
A88. Grands Reportages, c*ollectif*
A89. François Mitterrand ou la tentation de l'histoire
  par Franz-Olivier Giesbert
A90. Génération 1. Les Années de rêve
  par Hervé Hamon et Patrick Rotman
A91. Génération 2. Les Années de poudre
  par Hervé Hamon et Patrick Rotman
A92. Rumeurs, *par Jean-Noël Kapferer*
A93. Éloge des pédagogues, *par Antoine Prost*
A94. Heureux Habitants de l'Aveyron, *par Philippe Meyer*
A95. Milena, *par Margarete Buber-Neumann*
A96. Plutôt russe que mort !
  par Cabu et Claude-Marie Vadrot
A97. Une saison chez Lacan, *par Pierre Rey*
A98. Le niveau monte, *par Christian Baudelot et Roger Establet*
A99. Les Banlieues de l'Islam, *par Gilles Kepel*
A100. Madame le Proviseur, *par Marguerite Genzbittel*
A101. Naître coupable, naître victime, *par Peter Sichrovsky*
A102. Fractures d'une vie, *par Charlie Bauer*
A104. Enquête sur l'auteur, *par Jean Lacouture*

A105. Sky my wife ! Ciel ma femme !
par Jean-Loup Chiflet
A106. La Drogue dans le monde
par Christian Bachmann et Anne Coppel
A107. La Victoire des vaincus, *par Jean Ziegler*
A108. Vivent les bébés !, *par Dominique Simonnet*
A109. Nous vivons une époque moderne, *par Philippe Meyer*
A110. Le Point sur l'orthographe, *par Michel Masson*
A111. Le Président, *par Franz-Olivier Giesbert*
A112. L'Innocence perdue, *par Neil Sheehan*
A113. Tu vois, je n'ai pas oublié
par Hervé Hamon et Patrick Rotman
A114. Une saison à Bratislava, *par Jo Langer*
A115. Les Interdits de Cabu, *par Cabu*
A116. L'avenir s'écrit liberté, *par Édouard Chevardnadzé*
A117. La Revanche de Dieu, *par Gilles Kepel*
A118. La Cause des élèves, *par Marguerite Gentzbittel*
A119. La France paresseuse, *par Victor Scherrer*
A120. La Grande Manip, *par François de Closets*
A121. Le Livre, *par Les Nuls*
A122. La Mélancolie démocratique, *par Pascal Bruckner*
A123. Autoportrait d'une psychanalyste, *par Françoise Dolto*
A124. L'École qui décolle, *par Catherine Bédarida*
A125. Les Lycéens, *par François Dubet*
A126. Les Années tournantes, *par la revue « Globe »*
A127. Nos solitudes, *par Michel Hannoun*
A128. Allez les filles !
par Christian Baudelot et Roger Establet
A129. La Haine tranquille, *par Robert Schneider*
A130. L'Aventure Tapie, *par Christophe Bouchet*
A131. Dans le huis clos des salles de bains, *par Philippe Meyer*
A132. Les abrutis sont parmi nous, *par Cabu*
A133. Liberté, j'écris ton nom, *par Pierre Bergé*
A134. La France raciste, *par Michel Wieviorka*
A135. Sky my kids ! Ciel mes enfants !, *par Jean-Loup Chiflet*
A136. La Galère : jeunes en survie, *par François Dubet*
A137. Le corps a ses raisons, *par Thérèse Bertherat*
A138. Démocratie pour l'Afrique, *par René Dumont*
A139. Monseigneur des autres, *par Jacques Gaillot*
A140. Amnesty International, le parti des droits de l'homme
par Aimé Léaud
A141. Capitalisme contre capitalisme, *par Michel Albert*
A142. Chroniques matutinales, *par Philippe Meyer*
A143. L'Info, c'est rigolo, *par Les Nuls*
A144. Monaco. Une affaire qui tourne, *par Roger-Louis Bianchini*
A145. Les Politocrates
par François Bazin et Joseph Macé-Scaron

A146. Les Uns et les Autres, *par Christine Ockrent*
A147. Les Femmes politiques, *par Laure Adler*
A148. J'allais vous dire… Journal apocryphe d'un président
 par Philippe Barret
A149. Bébé Blues. La naissance d'une mère
 par Pascale Rosfelter
A150. La Fin d'une époque, *par Franz-Olivier Giesbert*
A151. Pointes sèches, *par Philippe Meyer*
A152. Le Bonheur d'être Suisse, *par Jean Ziegler*
A153. La Guerre sans nom
 par Patrick Rotman et Bertrand Tavernier
A154. La Régression française, *par Laurent Joffrin*